KB211234

보통
사람
들

보통사람들

1판 1쇄 인쇄 2020년 8월 24일
1판 1쇄 발행 2020년 8월 31일

지은이 안지영, 엄혜령, 신용민, 최미영, 박세미
일러스트 박세미
펴낸이 정용철
편집인 김보현
펴낸곳 도서출판 북산

등록 2010년 2월 24일 제2013-000122호
주소 서울시 강남구 역삼로 67길 20, 201호
전화 02-2267-7695
팩스 02-558-7695
홈페이지 www.glmachum.co.kr
이메일 glmachum@hanmail.net

ISBN 979-11-85769-33-2 03810

보통사람들.

주변에서 볼 수 있지만 그렇다고 평범하진 않은 사람들의 따뜻한 이야기.

북산

사람의 인연은 특별하다.

우연한 만남이 친구에서 연인이 되기도 하고, 가족이 되기도 한다. 각각의 이야기를 가진 사람들의 만남이 행복한 것은 어쩌면 이 때문일 것이다. 우연한 계기로 기자단을 신청한 우리 다섯 명은 활동했던 육 개월 보다 그 이후의 온라인 만남에서 더 돈독해졌다. 신용민 기자를 필두로 시작된 **'육 개월 안에 책을 내고 만다'**라는 **'육.책.만'** 밴드를 통해서 서로의 이야기를 나누고, 생활을 공유했다. 그리고 밴드의 이름처럼 육 개월 안에 책을 내볼까 하는 생각으로 시작된 원고가 지금 보이는 바로 이 원고이다.

세상에는 많은 사람이 살고 있다.

가난한 사람, 부유한 사람, 건강한 사람, 아픈 사람, 똑똑

한 사람, 게으른 사람 등등 많은 사람이 함께 어우러져 사는 곳이 바로 이곳이다. 사람의 수만큼이나 이야기는 다양한데, 그속에 우리들의 이야기는 평범하지만 평범하지 않다.

우리의 이야기는 특별하다. 함께 모이게 된 것도 인연이고, 마음을 모아서 책을 쓴 것도 인연이기에. 우리의 시작은 아주 미약했지만, 끝은 창대할 것이라고 믿어 의심치 않는 다섯 명이 만나 글을 썼다. 약 1년 전만 해도 전혀 알지 못하고 방송 국기자단이라는 매개체로 만나서 친분을 쌓았을 뿐인데, 글을 쓰면서 서로를 알게 되고 이해하게 되는 사이가 되었다.

'특별한 것 없는 사람들이 무슨 이야기를 책으로 쓰나요?'
이렇게 말했던 소소한 시작이 책이 되기까지 많은 우여곡절이 있었지만, 사람 사는 이야기는 누구나 다 공감할 이야기이기에 부담없이 읽어주시면 좋겠다.
옆집 언니 이야기처럼, 뒷집 아저씨 이야기처럼, 내 동생 이야기처럼 편하게 쓴 글에서 **보통 사람들의 특별한 이야기**를 들려드리고자 한다.

차례

육.책.만

표준어 규정을 따랐으나 원문의 느낌을 살려야 할 필요가
있는 부분은 저자의 표현을 그대로 살려 표기했습니다.

어느 날 밤

압력솥 신 기자의 반갑지 않은 밴드 초대 알람이 세 명의 핸드
폰에 울려 퍼진다.

> 신용민님의 초대로 엄혜령님이 가입했습니다. 댓글
> 로 반갑게 인사해주세요!

> 신용민님의 초대로 안지영님이 가입했습니다.

> 신용민님의 초대로 최미영님이 가입했습니다.

뜬금없이 4명의 조합으로 구성된 이 밴드의 이름은 "6개월 후
에 책을 내고 만다(육.책.만)!"이다. 이 네 명이 선택된 이유도 모
르겠고, 기자단 밴드가 있는데 다른 밴드를 또다시 만드는 이
유를 나머지 세 사람은 도무지 알 리가 없다. 그저 '신박한 신
기자가 또 무언가 일을 만들려나 보다. 이번엔 절대 안 넘어가
야지' 하는 마음이 크다.

며칠 내내 신 기자의 모노드라마처럼 혼자 사진을 올리고 무언

가를 묻고 소소한 자료들의 링크도 올라왔지만, 나머지 세 명은 그저 시큰둥하다. 그러는 어느 날 한밤중에 신 기자가 아닌 엄 기자의 진지한 이야기가 올라온다.

지지난 주부터 아이가 어린이집 등원을 심히 거부하다 지난 주 월요일엔 아예 차에서 내리지도 못하고… 웬만한 일로는 두려움 없는 아이인데 이토록 가기 싫어하니 외상이 없는데도 좀 많은 생각이 들어요. 마침 교회학교 선생님께서 우리 아이가 다른 친구들을 매주 공격해서 선생님 한 분이 붙고, 전체 선생님들이 저희 아이를 주시하고 관찰한다는 말씀에 제 마음이 복잡했어요.

저희 딸도 그맘때 어린이집에서 무조건 "내꼬야!"하면서 모든 물건을 뺐던 시기가 있었어요. 어린이집 처음 보내면 내 물건만 있던 집이 아닌 곳에서 공동으로 장난감을 공유하는 데 시간이 걸린답니다. 같은 반 엄마들이랑 이야기도 나눠보고, 조용히 어린이집에 들러 아이 생활하는 걸 지켜보면 어떨까요?

엄 기자는 아이를 키우는 고민을 이 밴드에 솔직히 적어 놓는다. 거기에 각자 본인의 경험과 생각들을 나누며 "어? 이 밴드는 뭐지?"라는 생각을 멤버들은 처음으로 가지게 된다.

최 기자는

아이들 방학 중에 전국을 바쁘게 돌며 중간중간 생존신고를 한다. 늘 에너지가 넘치는 그녀는 역시 다리 힘이 좋은 여자!

 지금 사천으로 넘어가는 중이요. 오늘은 사천항 주변 투어. 신 기자님, 좋은 곳 추천 부탁요!

 두 분의 벙개를 응원합니다. 밥 사진 투척 부탁요!

가끔이 아닌 자주 그들은 개인적인 이야기를 밴드에 올린다. 개인의 감정 또한 솔직하게 적는다. 어쩌면 그들은 오랜 지인이 아니어서 속마음을 부담없이 올렸을지 모른다. 그 감정이나 고민에 각자 열심히 공감하고 위로해 주며 기쁜 일은 내 일처럼 기뻐한다.

더운 여름

어느 날 안 기자는 갑작스러운 이사로 많은 이별을 하게 된다.

 16년을 살아왔던 목동을 떠나는 게 이렇게 힘들 줄 몰랐어요. 주위 친구들과 헤어지는 게 이렇게 슬플 줄 몰랐어요. 두 동짜리 아파트에서 매일 같이 웃고 나누며, 친척보다도 가까운 사이였는데 떠난다니 다들 긴 글로 마음을 표현해 주네요. 너무 눈물이 나요.

 매일 챙겨주고 챙김받으며 위로하고 위로받으며 지지대와 같았던 삶의 연결 고리가 끊겼을 것 같은 느낌이 들어요. 요즘 보기 드문 인간관계인 거 같아요.

 저도 이웃은 못 챙겨도 몸과 마음이 아픈 동생부터 챙겨야겠어요.

이사 후 우울해하는 안 기자를 위해 엄, 최 기자는 대치동으로 출동한다. 말 그대로 벙개다. 그때는 그렇게 친한 사이도 아니었는데 말이다.

 신 기자님만 빠졌어요. 대신 사진 투척!

 ㅎㅎㅎ 마이 드시고 수다도 마이 떠소서!

 귀 안 가려우셨어요?

 신 기자님도 우리와 함께 있다 생각하며 이야기 나눴지요.

신 기자는

계속해서 마음속의 음악에 대한 열정이 지금 직장의 안정감보다 점점 커져가고 있다. 조심히 회사를 관두고 본격적으로 작곡과 유튜브를 하고 싶다는 생각을 내비친다.

제가 지나치게 위선적으로 생활할 수 밖에 없는 현재의 직장을 빨리 때려치우고 싶네요!

생각 많이 하신 거죠? 그래도 다른 일을 구하신 다음 관두시는 게 어떨까요? 와이프 입장에선 삼식이는 진짜 곤란!!

조만간 일을 저질러 버릴 거 같아요. 어떻게 될지는 신만이 아시겠죠?

무신론자인 신 기자는 갑자기 신을 찾는다.
드디어 사표 투척!

고대하던

마지막 박세미 대리의 영입.

신용민님의 초대로 박세미님이 가입했습니다. 댓글로 반갑게 인사해 주세요!

 어머! 대리님 반가워요.

 능력자 한 분이 합류하신 걸 격하게 환영합니다.

 드뎌 가입해 주셨네요.

 정말 든든한 분이 들어오셨네요. 저희 밴드 이렇게 번창하나요?!

멤버들은 격하게 환영했고 번창의 꿈도 품어 보았다.

직진

우리 밴드 이름 기억하시지요? 어떤 주제도 좋으니 매일 조금씩 써서 제게 보내주세요.

저희 진짜 책 내요?

최 기자는 갑자기 이 밴드의 방향성을 제시한다. 그녀는 다리 힘만 좋은 게 아니라 뭐든 직진이다. 초보자인 다른 네 명에게 마감일을 던져준다.

다들 마감 잘 지키셨나요? 아무래도 제 글이 너무 형편없고 역량도 부족하네요. 공저에 누를 끼칠 거 같아 초반에 빠지기로 했어요. 저는 열렬한 응원부 대로 남을게요!

안 기자님이 응원부대면 저는 구경부대로 남아야 할까요?

초고는 쓰레기 같아요. 잘되든 안되든 고치지 말고 그냥 편하게 쓰세요. 저도 마감 못 했어요.

 저도 마감 못 지켰어요.ㅠㅠ

 자자 파이팅 다시 합시다. 백수만 마감 지킨 건가요?!!

 저는 회사 관두고 현재 아무 생각 없이 살기가 필요한 시점이라 아쉽지만 공저에서는 빠지기로 했습니다. 멋지고 귀중한 책 열심히 응원하며 기다릴게요!

시간은 잘도 흐르고….

책 이야기를 하려고 공지를 올렸으나, 기대와는 다른 글들이 올라온다. 원고 마감을 못 해서, 글이 형편없어서, 자신감은 표류 중, 탈퇴를 희망하기도.

6개월 만에 책을 낸다는 건 무리였던 걸까?

이대로 육.책.만은 끝나게 되는 걸까?

다시 시작

조용한 카리스마 최 기자의 설득에 다시금 모두 마음을 다잡는
다. 그녀는 보냈던 글들을 정리해서 목차를 만든다.

목차만 정해지면 반은 쓴 거라는데 정말이지 책이 나올까?

(그렇게 믿기로 하자!)

직진녀(최 기자), 압력솥(신 기자)이 정말 이 말에 책임질 거 같다.

(그렇게 믿기로 하자!!)

시작이 있으면 끝은 분명히 따라 오겠지.

(그렇게 믿기로 하자!!! 제발 ㅜ..ㅜ)

보통사람들 이야기

정과 오지랖의 중간 어디메쯤

오지라퍼, **안지영**

알바비 사용 내역서

남편은 22년 다니던 직장을 관두고 강남의 원하는 회사로 이직을 하게 되었다. 스트레스로 공황장애를 겪고 있었기 때문이었다. 새로운 회사로 이직을 하게 되었지만 출퇴근 시간만 세 시간이 넘다 보니 체력적으로 한계가 왔다.

나는 남편을 위해 이사를 결심했다. 딸아이는 목동서 태어나고 목동서 15년을 살았는데 하루아침에 이사 간다는 소식에 멍해 했다. 그러다 딸아이도 아빠를 위해 큰 결심을 하였다. 사춘기의 중학교 2학년 학생이, 그것도 1학기가 다 지나서 전학을 간다는 건 어쩌면 딸아이에겐 큰 희생에 가까운 일이다. 늘 가장으로서 가정을 지켜온 아빠를 위해, 남편을 위해 우리 두 여자는 아주 큰 결정을 내린 것이다.

이사는 딸아이의 여름 방학 중에 일사천리로 진행됐다. 2

학기 개학을 하고 나서 딸아이는 새 학교 적응을 몹시 힘들어했지만, 남편은 10분 거리의 회사 출근길이 행복하다 했다. 이제 와서 생각하니 가장 예민한 시기에 그것도 2학년 중간에 전학을 왔으니 얼마나 힘들었을까….

어느 날 학교에서 문자가 왔다.

"엄마, 토할 거 같아. 나 조퇴하면 안 될까?"

"엄마, 친구가 없어서 적응하기 힘들어. 완전 기 빨리는 중."

"엄마, 오늘 일이 좀 많았어. 이따 얘기해 줄게."

아이의 힘듦이 고스란히 나에게 전달되어 온다. 가장 힘든 건 내가 도와줄 게 하나도 없다는 거다. 학교에 같이 가는 게 아니니…. 하루 종일 딸 걱정만 하는 내게 베프는 집에서 딸 생각만 하지 말고, 자기 남편 회사에서 몇 시간만 알바를 해보는 건 어떠냐고 물었다. 처음엔 생뚱맞게 '웬 알바?' 했지만, 생각이 끝나기도 전에 머릿속은 이미 마음을 고쳐먹고 있었다.

'뭐 입고 나가지?'

쇼핑몰인 이 회사에서 안 하던 일을 하니 단순한 일이었지만 눈이 빠질 거 같고, 어깨도 아프고, 무엇보다도 실수할까 조심하느라 긴장 상태로 하루 종일을 지냈다. 하루에 다섯 시간이라 쉽게 생각했는데 정신이 번쩍 들었다. 집에 와서 못 하겠다고 친구에게 전화해야지 했는데, 저녁을 먹고 나니 나도 모르게 곯아떨어져 버렸다. 딸아이는 그날도 힘들었을 텐데 엄마의 지친 모습 때문인지 오늘은 어제보다 나았다고 엄마를 안심시켰다.

　　며칠 뒤 딸아이의 문자도 달라졌다.
　　"엄마, 괜찮아? 잘하고 있어?"
　　"엄마, 힘들면 하지 마. 엄마가 좋으면 다녀."
　　어느덧 학교에서 보건실에 간다는 문자가 더 이상 안 왔다. 딸아이는 점점 새 친구가 생겼고 적응하기 시작했다. 나도 며칠이 지나니 거짓말처럼 하나도 안 아프고, 오히려 아침에 화장하고 어디 나갈 곳이 있다는 게 너무 좋았다.

　　알바비를 받기도 전에 나는 신랑을 위한 선물을 사고 싶었다. 내가 벌어 내가 사 주는 선물. 두 달 후에 상해로 여고 동창끼리 여행을 가기로 되어 있었다. 그래서 온라인 면세점에서 명품 서류 가방을 3개월 할부로, 내 신용카드로 결제해 버렸다. 내 자신이 기특하게 느껴졌다. 그날 남편에게 가방 결제에 내 한 달치 알바비를 다 바쳤다고 이야기했다.
　　"얼마 받는다고 그 가방을 사? 취소 해 안찌(나의 애칭). 힘들게 벌어서 그렇게 쓰지 마. 안 사줘도 돼."

나는 슬며시 가방 사진을 남편 얼굴 앞에 들이밀었다.

"어, 근데 예쁘다. 나 언제 받을 수 있어?"

"두 달 후, 11월 17일 입국 날!"

"안찌, 감동이다. 첫 알바비로 내 선물을 사다니. 근데 너무 오래 기다려야 하네."

남편은 첫 알바비를 비싼 가방 따위에 탕진하면 안 된다고 하던 눈빛에서 너무 감동받은 촉촉한 눈망울이 되어 나에게 이야기한다. 기분이 좋다. 알바비 탕진!

딸에게도 내가 번 돈으로 무언가를 선물하고 싶었다.

"딸, 엄마가 알바비로 선물할게. 뭐 받고 싶어?"

"진짜? 말해도 돼? 에어팟."

"양심 좀 있어라. 내가 얼마 번다고?"

"제발, 엄~마."

"그럼, 너도 두 달 기다릴래?"

"이잉???"

며칠 후 유명 연예인이 자살했다는 기사가 떴다. 너무나도 예쁘고 어린 그녀. 그 기사를 보고 나는 어느덧 에어팟을 주문하고 있었다. 게다가 다음 날 총알배송으로. 하고 싶은 거 하고 살자. 뭐가 그리 어려운가. 다음 날 딸아이는 상기된 얼굴로 택배 박스를 받았다. 그리 좋을까? 그럼 됐어. 그래도 기분이 좋다. 알바비 탕진!

친정 엄마에게도 흰 봉투에 10만 원을 넣어 드렸다. 엄마
는 꽤나 큰돈인 줄 알고 마냥 손을 내저으시다 10만 원이라고
하니깐. 잠깐 멈칫하시더니 깔깔대고 웃으며 받으셨다. 어느
날씨 좋은 가을날 출근길에 시어머니께 전화를 건다.

"어머니, 지금 걷고 있는데 오늘 날씨가 너무 좋아요. 어머
니가 생각나서 전화 걸었어요."

"그랬구나. 양재천 걷니?"

"아뇨, 저 테헤란로 걸어요. 저 알바해요."

대학 4학년 때 시청 근처 회사에 취직해서 명동거리를 걸
을 때, 내가 너무나도 성공한 사회 초년생인 것 같았는데, 오
늘 강남 한복판에서 그때의 감정을 다시금 느꼈다. 몇 주 후 시
어머니께도 10만 원을 담은 봉투를 드렸다. 시어머니도 손사래
치시다 "너무 감사하고 소중해서 내가 어찌 쓰겠노." 하시며 받
으셨다.

그날 저녁 아버님, 어머님을 모시고 식사하러 갔다. 간단
히 먹자고 들어간 왕갈비탕 집. 잠시 뒤 갈비탕과 계산서가 같
이 나온다. 시어머니는 슬쩍 계산서를 챙기신다. 나는 한 번쯤
해보고 싶던 행동을 해 본다. 화장실 가는 척하고 계산대로 향
한다.

"미리 계산할게요."

마음이 조금은 설렌다.

자리에 돌아와 최대한 예쁜 며느리 말투로

"아버님, 어머님. 오늘 저녁은 제가 미리 계산했어요. 제가 벌어서 사드리는 갈비탕이에요. 제가 사기 딱 적당한 가격이에요. 맛있게 드세요."

아버님, 어머님은 왜 그랬냐며 뭐라 하셨지만 두 분 다 맛있고 감사하게 드셨다.

마음이 좋다. 알바비 탕진!

많지 않은 알바비로 내 추억이 풍성해졌다. 친정 엄마의 깔깔대는 웃음소리, 흰 봉투를 가슴에 꼭 안으시던 시어머니의 모습, 감동 가득한 남편의 눈빛, 상기된 얼굴로 언박싱하던 딸의 모습. 모든 게 감사하다. 하루는 남편에게 말했다.

"사람들이 열심히 돈 버는 이유를 알 것 같아. 누군가에게 선물하고 나눌 때, 받는 사람보다 주는 사람의 기쁨이 더 큰 것 같아."

"맞아. 그렇지만 월급이 통장을 잠깐 스쳐 지나간다는 생각을 하면 허무하기도 해."

남편의 그말에 '다음 달부터는 딸아이의 학원비는 내가 내야지.'라고 생각했다. 남편 월급이 조금 더 통장에 머물러 있으라고.

다섯 마리 물고기

"이제 밀키(Milky)가 오래되니 자꾸 돈 들어가네."

AS센터를 나오면서 혼자 중얼거렸다. 밀키는 내 흰색 차다. 김춘수의 '꽃'이란 시처럼 내 주변의 무엇이든 이름을 붙여주면 나에게 더없이 특별해진다고 생각한다. 남편의 차가 훨씬 좋은 차였음에도 나는 내 차가 너무 사랑스러웠다. 남편은 자기 차에도 이름을 붙여 달라 했지만 잘 빠진 짙은 파란색 차에는 적당히 떠오르는 이름이 없었다. 그런 밀키가 돈을 먹기 시작했다. 색깔도 조금은 변했다. 어느 날 딸아이가 밀키를 보며 말했다.

"엄마, 이제 밀키를 소이밀키(두유처럼 누레졌다고)라고 불러야겠다."

딸아이도 나와 같이 이름 짓는 걸 좋아했다.

딸 선영이가 초등학교 1학년 때 일이다. 친정을 갔다 왔는데 문을 열어 주는 두 부녀의 모습이 심상치 않다. 쭈뼛쭈뼛하면서 무언가를 가린다. 그러더니 짜잔 하면서 한 곳을 가리키는데 거기에는 네모난 작은 수족관이 있었고, 주황색과 흰색의 물고기들이 원래 그 자리에 있었던 것처럼 헤엄치고 있었다. 나는 화가 났지만 둘 다 내 눈치를 보는 것 같아 자초지종부터 들었다. 사실 들을 필요도 없었다. 말은 길었고 상황도 그럴싸했지만 그냥 예뻐서 사 온 거였다. 사고 나니 그제야 내 얼굴이 떠올랐겠지. 딸아이는 들뜬 표정으로 한 마리 한 마리 가리키며,

"엄마, 내가 물고기들한테 이름을 붙였어. 잘 들어봐. 이 물고기는 온통 주황색이라 주황이, 얘는 몸이 빛나서 주얼리, 얘는 다 하얘서 하양이, 얘는 내가 처음 봤을 때 풀 뒤에서 '샤~랑' 하고 나와서 샤랑이, 얘는 몸에 점이 있어 점박이!"

이렇게 들떠하면서 한 마리 한 마리를 설명하는 눈 큰 딸아이를 보고 있자니, 수족관 청소의 번거로움이나 나의 수고를 이야기하는 건 어른의 눈높이인 것 같아, 나도 같이 이름을 외워주는 걸로 끝냈다.

딸아이는 학교 갔다 오면 다섯 마리 물고기들의 이름을 부르며 한참을 보고 있었다. 수족관 안은 딸아이의 상상 무대였다. 점박이가 샤랑이를 쫓아가면 점박이가 샤랑이를 좋아하는

것이고, 하양이가 풀 속에 들어가면 주황이가 괴롭혀 숨은 거라며 미간에 힘이 들어간다.

여름 방학을 맞아 미국에 있는 내 친구네 집에서 한 달간 지내기로 예정되어 있었다. 딸아이는 가기 전부터 다섯 마리 물고기의 걱정으로 하루하루를 보냈다.

"엄마, 에어컨도 못 트는데, 더워서 물이 뜨거워지면 어떡해?"

"엄마, 아이들 밥은 누가 줘?"

"엄마, 주황이가 또 하양이 괴롭히면 어떡해?"

나도 은근히 걱정이었지만 같은 라인에 사는 위층 제민 엄마가 매일 챙겨 주기로 했다.

"선영아, 제민 엄마가 매일 와서 아이들 먹이 주고, 찬물도 넣어주고 주황이가 다른 아이 괴롭히면 그 앞에서 톡톡 쳐서 혼내 주기로 했어."

그제서야 딸아이의 얼굴이 환해졌다. 딸아이는 보고 싶을 거라며 동영상도 찍어가고 먹이도 잔뜩 사다 놓고 미국으로 갔다. 제민 엄마는 매일같이 물고기들을 돌봐 주는 것도 모자라 동영상을 찍어 보내는 수고도 더 해주었다.

이 주가 지났을까, 제민 엄마에게 하양이가 움직임이 적고 이상하다고 연락이 왔다. 그리고 일주일 먼저 한국에 들어간 남편에게서 연락이 왔다. 하양이가 죽었다고, 머리가 멍해졌다. 내가 그럴 줄은 몰랐다. 마음이 이렇게 쓰일 줄은. 괜히 미안하고 슬프고. 슬픔도 잠시, 우리 부부는 딸아이 걱정에 전화기를 붙들고 갖가지 해결책을 세웠다.

　다음 날 남편은 똑같이 생긴 제2의 하양이를 찾아 나섰다. 하지만 하양이를 대신할 물고기는 생각처럼 쉽게 찾을 수가 없었다. 멀리 양재동까지 가서야 크기가 비슷한 제2의 하양이를 살 수 있었다. 일단 큰 걱정은 해결했지만 남편이 작은 문제가 남아 있다고 했다.

　"원래 하양이보다 조금 크고, 아주 작고 검은 점이 머리에 있어…."

　문제를 해결하기에는 시간이 없었다. 다음 날 바로 한국에 들어가야 했으니까. 그냥 딸아이가 눈치채지 못하기를 기대하면서 귀국을 했다. 집에 들어서자마자 딸은 수족관으로 달려간다.

　"얘들아 잘 있었어? 내가 미국 먹이 사 왔어. 거기에도 너희와 비슷한 아이들이 있지만 너희들은 아니야. 보고 싶었어. 많이 먹어."

　딸아이는 먹이를 주다가 그제서야 하양이가 눈에 들어 들어왔는지 유심히 바라본다. 누가 봐도 알아챌 만큼 선명한 점이 보였다. 딸아이도 이상했는지 남편에게 묻는다.

　"아빠, 왜 하양이 머리에 까만 점이 생겼어? 몸도 하양이만 너무 커지고?"

"아… 자꾸 하양이가 수족관 유리에 부딪쳐서 멍들었나 봐. 하양이가 먹이를 제일 잘 먹더라. 그래서 더 컸나 봐."

그렇게 둘러대고는 우리 부부는 아이의 눈치를 본다.

"음… 하양이 아팠겠다."

아싸~ 통과!

며칠이 지나 새 하양이 움직임이 줄어들었다. 그 안에서도 텃세가 있었나 보다. 다른 물고기들한테 쪼임을 당하더니 결국 열흘 만에 죽게 되었다. 그날이 지금도 생생하다. 작은 물고기지만 죽을 때 생각보다 쉽게 죽지 않았다. 멈출 듯 그러다 다시 헤엄치고, 기울어지는가 싶다가도 다시 움직이더니 결국 균형을 못 잡고 물 위로 떠올랐다.

딸아이는 그날 어찌나 울었던지 결국 결석했다. 먼저 간 하양이도 남편이 놀이터 화단에 묻어 주었었다. 선영이만 모르는 하양이 무덤. 우리는 그 옆에 제2의 하양이를 묻었다. 그 순간 나는 자기의 이름도 없이 하늘나라로 가게 된 새 하양이에게 미안한 마음이 들었다.

딸은 고양이가 와서 먹을지도 모른다고 울면서 깊이깊이 땅을 팠다. 놀이터의 동네 아이들도 덩달아 같이 땅을 팠다. 딸아이가 계속 울고 동네 친구는 위로하고, 어떤 남자아이는 죽은 물고기를 변기에 버렸다고도 하고, 어떤 친구는 엄마가 물고기라 음식물 쓰레기에 버렸다고도 했다. 그 말에 딸아이는 더욱더 서럽게 울었다.

나는 물고기의 죽음에 학교 결석까지는 아니라고 생각했지만 그 두 친구의 이야기를 들으면서 결석이 낫다고 다시 생각을 고쳐먹었다. 그 후에도 한 번의 지각을 더 하고 세 번의 이별을 더 했다. 화단에 다섯 개의 두덩이가 생기고 난 후 더 이상 우리 집에 수족관은 없었다.

중학생이 된 딸은 지금도 하양이 죽은 날이 또렷하게 기억난다고 한다. 그 슬픔도, 다섯 번의 이별도. 아마 우리 집에 온 첫날 이름을 붙이지 않았다면 미국에서 보았던 그 이름 없는 물고기들과 같았을 것이다. 어쩌면 우리도 변기에 버렸을지 모른다. 이름이 있다는 건 아주 특별한 일이다. 친정서 19년 동안 키운 반려견 버디가 하늘나라로 갔을 때 오열하며 일주일 넘게 아무것도 하지 못하며 울었던 나를, 여덟 살이었던 내 딸의 모습에서 다시 보았다.

내가 이름을 지어준,
하루에도 제일 많이 이름을 불러주는 딸아이는
점점 더 나를 닮아가는 중이다.

앞집 아주머니

"선영 엄마, 잘 지내요? 내가 물어볼 게 있는데 지금 전화 해도 될까?"

이사 온 뒤에도 가끔 안부를 묻고 궁금한 게 있으면 전화 하시는 예전 아파트의 앞집 아주머니. 내용을 간추리자면 마트 에서 신용카드 만들어 달라는 카드사 직원의 청에 못 이겨 카 드를 만들어 주고 왔는데 도통 내용이 이해가 가질 않는다고 설명을 부탁하시는 내용이었다. 나는 차근차근 그 카드를 만든 긴 사연을 마냥 듣고 있었다.

"잘 만드셨어요. 그렇게 하면 관리비에서 조금 아끼게 되 겠네요."

아주머니는 나의 답을 듣고 나서야 불안했던 마음을 놓으셨다.

앞집 아주머니께는 치과 의사와 영어 선생님인 딸들과 아들이 있지만 멀리 살고 바쁜 탓에 앞집 사는 내게 늘 물어보시곤 하셨다. 그것 뿐만 아니라 진짜 딸처럼 대파 한 단도 나눠 주시고 노인정에서 나눠주는 가래떡까지도 우리 집에 나눠 주시는 분이다.

어느 날 문 앞 배달 우유 가방에 전단지가 들어 있기도 했다. 새롭게 오픈하는 마트의 대박 세일 상품을 형광펜으로 동그라미 해 놓은 전단지였다. 그럼 다음 날 앞집 아저씨가 자전거를 몰고 가실 때 우리 것도 사다 주셨다. 어떨 땐 죄송스러워서 살 거 없다 하지만 사다 주신 상품들을 받을 때는 거저 산 듯한 가격에 뿌듯할 때도 많았다. 은행에서 보내는 각종 스팸 문자에 놀라서 벨을 누르시기도 하고 오징어와 호박을 듬뿍 넣은 부침개 여러 장을 소담스레 담아 오실 때도 있었다. 내가 잘할 수 없는 오이지나, 동치미, 겉절이 등과 같은 음식도 나누어 주셨다. 아주머니 덕에 강원도 동치미에는 감자풀을 쑤어 넣는 법을 알게 됐고, 낙과를 사서 농민 도와주자고 하셔서 같이 한 박스씩 산 적도 있다. 제사 지내고 올 때는 꼭 두 분의 떡도 챙겨다 드렸다. 줄줄이 비엔나소시지를 넣어 만든 나의 된장찌개는 아저씨가 무척이나 좋아하시는 메뉴였다. 아주머니께 배운 대로 동치미를 만들어 한 대접 가져가 자랑하기도 했다. 아주머니가 뿌듯하시라고. 가끔 자제분이 아주머니 댁에 올 때면 우리집에 무거운 수박을 사다주기도 하고 과일을 택배로 보내온 적도 있었다.

하루는 아주머니께서 부탁이 있다고 하셨다. 아저씨도 작은 수술을 하시고 아주머니도 눈 때문에 입원해야 하니 집에 있는 많은 화초들에게 물을 주기적으로 줄 수 있냐고 물으셨다. 나는 기꺼이 하겠다고 약속했다. 그제서야 아주머니는 안심하고 입원 준비를 할 수 있게 되었다며 좋아하셨다. 그리고는 현관문 비밀번호와 화초들의 물 주는 주기를 설명해 주셨다. 어떤 화초는 일주일에 한 번, 어떤 난은 이 주에 한 번, 나무마다 꽃마다 물 주는 간격이 달라서 각 화분에 메모를 붙여 놓으셨다. 이렇게 생긴 것도 제각각, 물 주는 주기도 제각각인데 연세 많은 앞집 아주머니께서 꾸준히 가꾸어 오셨다니, 그 정성이 대단해 보였다.

아주머니가 집을 비우신 동안 열심히 화초에 물을 주었다. 부탁하신 게 화초가 아니라 내가 좋아하는 강아지였다면 '그 강아지가 우리 집에서 졸랑졸랑 꼬리 치며 다니고 있었을 텐데' 라는 엉뚱한 상상도 해 보면서. 마침내 한 달 후 퇴원하실 때는 걱정과는 달리 시든 나무 하나 없이 두 분을 화초들이 반겨줄 수 있었다.

　두 분께 나의 이사 소식은 적잖은 충격이셨다. 멀리 이사 가서 찾아갈 엄두가 나지 않는다고 휴지며 세제며 잔뜩 들고 오신 아주머니의 눈에는 서운함이 가득했다. 우리 세 식구는 이사 전날 소담히 담긴 떡 세트를 사서 인사를 드렸다. 두 분은 눈물을 보이셨다. 나 또한 하염없이 눈물이 나오는 통에 오히려 민망했다. 아저씨는 딸아이의 손에 지폐 몇 장을 꼭 쥐어 주셨다. 그 마음이 어떤 마음인 줄 너무나 잘 알기에 가만히 있었다. 너무나도 따뜻한 마음과 정을 나눠주시는 아주머니 덕에 나도 동네 사람들과 나누며 살게 된 것 같다.

　이사 오고 얼마 후 아주머니의 따님에게 문자를 받았다.
　"선영 어머님, 안녕하세요. 올 때마다 엄마는 이사 간 선영 엄마가 보고 싶다고 하세요. 딸보다 더 잘해 주셔서 너무 감사해요. 선영이 영어 참고서 좀 보내드리고 싶어요. 주소 알려 주세요.^^"
　문자를 보고 나는 멀리 사시는 친정 엄마를 떠올렸다. 엄마도 가끔 윗집에 사는 젊은 아기 엄마 이야기를 하신다. 그분도 가끔 빵이며 주스며 먹을거리를 가지고 내려와 이런저런 이야기를 하고 간단다. 나의 엄마를 누군가가 챙기고 누군가의 엄마를 내가 챙기고.

점점 혼자가 편하고 남에게 관심이 없어지는 요즘, 누군가 나에게 묻는다. 다른 이를 챙기기에는 너무 바쁘지 않으냐고.

나는 대답한다. 나도 누군가가 챙겨주고 있다고.

이사를 했습니다 1

수많은 이별이 있었다. 그녀와도 이별을 해야 했다.

4년 전에 여행을 그다지 좋아하지 않는 그녀는 유럽행 티켓을 샀다. 그녀의 세 식구 모두 더운 여름에 새로운 경험을 하고 왔다. 여행을 다녀온 후 어느 날, 그녀는 너무 피곤해서 병원을 가보니 혈액암 3기라 했다.

그녀는 얼마나 울었을까. 나는 얼마나 울었을까. 그러다 어린 아들을 생각하며 힘든 항암 치료에 들어갔다. 병원에 다녀 온 날은 걷지도 못하고 토하기만 했다. 어느 날 아랫집인 우리 집으로 내려와 마를 대로 마른 몸으로 조심스레 소파에 소리 없이 앉는다.

"눈 감고 잠들기가 무서워요. 다시 눈뜨지 못할 거 같아서."

나는 그때부터 울 겨를이 없었다. 그녀 아들과 남편의 식사를 챙기기도 하고, 그녀의 두려움 앞에 내 씩씩함을 나눠 주기도 해야 했다. 하지만 그녀의 머리카락은 점점 앙상해졌고 언젠가부터 머리카락을 볼 수 없게 되었다. 모자가 머리와 한 몸처럼 항상 씌워져 있었기에. 하나밖에 없는 아들의 초등학교 졸업식도 못 가고, 나중에 아들의 결혼식도 못 갈 것 같다고 그녀는 종종 울었다. 앙상하게 말라가는 그녀를 보고 있는 것이 너무 힘들었다. 더 안타까운 건 그녀가 주위 친구들을 멀리하는 것이었다. 자기 모습을 보여주고 싶지 않다고. 하지만 나는 믿었다. 지금 이 순간을 옛날이야기하듯 웃으며 기억할 때가 분명 올 거라고.

시간은 흐르고 거짓말처럼 우리는 다시 시장을 같이 보고, 사춘기 자식의 뒷담화를 나누며, 남편의 까탈스러움을 침 튀기며 이야기하게 되었다. 전쟁터에 같이 나가 이기고 돌아온 동지처럼 우리 둘은 서로를 대견해한다. 이웃이지만 자매 같은 친구다.

그런 그녀를 두고 이사를 오니 그 마음을 설명할 길이 없다. 사람들은 그런다. 외국 나가는 것도 아닌데 유난 떤다고…. 그녀는 운전을 못한다. 대중교통을 이용하기도 힘들다. 일주일에 서너 번씩 만났던 시간이 앞으로는 우리에게 주어지기 힘들

것이다.

이사하는 날 아침 문자가 왔다.

"도저히 못 가겠어요. 잘 가요… 미안해요…."

나도 문자를 보냈다.

"언젠가 아이들 결혼시키고 공기 좋은 곳에 좋은 집 사서, 다시 이웃 되어 살아요. 꼭 그러자고요!"

그날도 그녀는 꽤 울었다고 한다.

이사를 했습니다 2

짐이 될 수 없습니다.

눈물을 보여선 안 됩니다.

그녀의 이사 소식에 모두들 제 걱정을 하더랍니다.

그렇기에 한 방울의 눈물도 보여선 안 됩니다.

그러나 안 울 자신도 없습니다.

아픔의 시간 동안 힘이 되어주고,

혼자의 시간을 풍요롭게 채워주었던 그녀에게 더 이상 짐
이 될 수 없습니다.

돌아서 통곡할지라도 그녀 앞에서는 안 됩니다.

마음껏 서운함을 표하는 많은 이들 사이에선 더더욱 그럴
수 없습니다.

고마움을, 미안함을, 서운함을,

그리고 많이 힘들어할 나를 드러낼 수 없습니다.

저보다 많은 눈물을 보일 그녀임을 알기 때문입니다.

결국 가 보지 못했습니다. 눈인사도 못 나누고 그렇게 떠나보냈습니다. 참아 왔던 눈물을 멈추지 못해서, 두근대기만 하던 심장이 속도를 이기지 못해서… 떨리는 손가락으로 몇 번씩 고쳐 써 가며 안녕을 전했습니다.

"도저히 못 가겠어요. 잘 가요… 미안해요….."

손인사도 나누지 못하고 그렇게 보냈습니다.

집 앞 백화점에 갔습니다. 더위를 피해 모여든 많은 사람들 속에서 왈칵 눈물이 났습니다.

혼자인 게 서러워서가 아니라 함께 있지 않음이 낯설어서. 그곳이 낯설기만 합니다. 결국 어떤 것도 사지 못했습니다. 그녀가 들려주던 익숙함이 없어서, 그녀가 즐거이 찾던 것들이 가득한데…. 앞으로 새로운 먹거리를 가장 먼저 먹고 시식 평을 들려줄 사람도, 내 아들의 흉을 듣고 다독여 줄 사람도, 홈쇼핑에서 맛난 음식들을 한아름 사서 나눌 사람도, 외국 여행 갈 수 없는 나를 위해 여행 선물에 이것저것 챙겨 올 사람도 이제는 멀리 떠났습니다.

그녀와 즐거이 찾던 것들은 그대로인데 그녀가 들려주던 익숙함이 없어서 모든 게 낯설게 느껴집니다.

오늘 문득 내 옆 빈자리에서 그녀의 재잘대는 목소리가 더욱 그립습니다.

늘 오랜만인 딸

어느 날 아빠한테 전화했다. 계속해서 신호음이 울리기만
할 뿐 아빠는 전화를 받지 않으셨다. 전화를 끊으려는 순간 목
소리가 들렸다.

"여보세요?"

"아빠, 왜 이렇게 늦게 받으세요?"

"우리 딸, 요즘 아빠가 느림보가 되어가네. 딸, 별일 없
어?"

"네, 선영이가 사춘기라 퉁퉁대는 거 빼고는 다 괜찮아요."

"선영이? 선영이? 선영이가 누구지?"

"아빠! 아빠가 세상에서 제일 사랑하는 손녀딸 박선영이
요!"

아빠는 치매 판정을 받으셨다. 몇 년 전만 해도 하루에도 수십 번은 걸고 받았을 전화, 이제는 통화 버튼을 옆으로 미는 동작조차 힘들어하신다. 언젠가 아빠가 나를 보고 "아줌마는 누구세요?" 이렇게 묻는 날이 올 것이다. 마음의 준비를 하고 있지만 나를 못 알아보는 날이 온다면 가슴이 무너져 버릴 거 같다.

요즘 회사로 출근할 때 두 정거장 전에 내려 걸어가기로 마음먹었다. 운동 부족이라서 걷기 운동을 하려는 것도 있지만 가장 큰 이유는 매일 그 두 정거장을 걸으며 아빠와 통화를 하기 위함이다.

어제 아빠를 만났지만 오늘 전화하면

"우리 딸, 오랜만이네. 왜 이리 오랜만에 전화 걸었어?"

"아빠, 어제 우리 집에 오셨잖아요."

"내가? 아니야. 너 본지 너무 오래됐어. 그래서 너무 보고 싶었어."

어제 봤어도, 오늘 통화했어도, 아빠에게 나는 늘 그립고 보고 싶은 딸이다.

매일 아침 1분가량은 늘 같은 내용의 근황 이야기로 시작한다. 회사 가는 길에 운동 삼아 두 정거장 전에 내려 전화하는 거라 말하면 회사 다니느냐고 놀라시고, 왜 이리 오랜만에 전화 걸었냐고 서운해하시면 죄송하다 말하고, 이런저런 나의 근황을 설명하는 것으로 우리 부녀의 전화 속 아침 대화는 늘 똑같이 시작된다. 어디서 이런 영화를 본 듯하다. 자고 일어나면 같은 날이 반복되는 영화를. 그 영화에서 반복되는 똑같은 하루를 거부해 보기도 의심해 보기도 하는 주인공이 점차 그 하루를 인정하고 즐기게 된다. 그러다 사랑하는 여인을 만나 드디어 다음 날로 넘어가게 된다.

만날 똑같기만 한 아빠와의 대화. 어느 날 모든 걸 기억하고 나를 걱정해주며 다음 대화로 넘어가게 된다면 얼마나 기쁠까? 이런 아침 일상이 힘든 일일 수 있다. 회사원에게는 출근길이 하루의 기분을 좌우할 수 있으니까. 그렇지만 나중에 아빠가 나를 몰라볼 때도 분명 올 것이다. 그때는 지금 이 반복되는 대화가 얼마나 그리울까. 내 이름을 불러주는 지금이 얼마나 감사한 시간인 걸까.

아빠와의 대화가 끝나면 엄마와의 대화가 시작된다. 사무실 도착해서 문 열 때까지도 엄마는 아빠와 온종일 씨름한 이야기, 여기저기 아픈 이야기, 병원 투어 이야기, 의사들이 했던 마음에 안 드는 행동, 표정까지 이야기하신다. 엄마에게 아빠를 온전히 맡기고 하나도 도와주지 못하고 있는 지금, 내가 할 수 있는 건 듣는 일 뿐이다. 어쩌면 내 전화를 아침마다 기다리는 이는 엄마일지도 모르겠다. 누군가가 본인 이야기를 들어만 줘도 마음이 편해지니까. 예전에는 아빠가 엄마를 다 챙기고 엄마가 아빠를 그렇게 의지했는데, 지금은 그 반대가 되어있다. 누구보다 여리고 예민한 엄마는 아빠를 위해 운전사가 되고 간호사가 되고 자식들에겐 아빠의 대변인이 된다. 엄마는 아빠의 간병이 힘들어도 아빠 없이 그 집에 혼자 산다는 상상을 잠깐만 해도 무섭다고 한다.

어느 날 아빠는 아침에 일어나서 엄마를 멍하게 보며 말씀했단다.

"내가 떠나면 이 집에서 당신 혼자 어찌 살까…. 당신 살 수 있겠어?"

마치 밤에 저승사자라도 만나고 온 것처럼, 먼 길을 떠날 사람처럼….

전화기 너머의 엄마는 울고 계신다. 그때도 나는 여전히 듣기만 할 뿐.

나에게 아빠는 숨구멍 같았다. 고민이 있으면 아빠와 의논하며 숨을 고르고, 잘한 일이 있으면 제일 먼저 큰 숨으로 아빠에게 알리고, 힘겨운 일이 있으면 아빠에게 긴 숨으로 위로를 받았던 나의 숨구멍.

언젠가부터 그 숨구멍이 하나씩 둘씩 점점 더 막혀간다.

어느 날 내가 숨을 못 쉬게 될까 봐 겁도 나면서.

오늘은 숨 한번 크게 쉬고 기도한다.
"하느님, 지금처럼만이면 됩니다. 지금도 감사합니다."

두 동짜리 아파트

올림픽대로에서 목동아파트로 빠지는 길로 접어들면 벌써 고향에 온 느낌이다. 가장 싼 셀프 주유소에서 기름을 가득 넣고 예전에 살던 아파트로 차를 세우러 들어갔다. 여전히 반갑게 맞아 주시는 경비 아저씨. 30분이나 일찍 집을 나선 이유는 앞집 아주머니 얼굴을 잠깐이라도 보고 싶어서다. 아주머니는 다른 이웃의 김장을 도와주러 가신 참이었다. 내 전화를 받자마자 한걸음에 달려오신 아주머니. 덕분에 옛 아파트의 익숙함이 그대로 느껴진다. 아주머니 집에 가니 제각각의 화초들, 양파 바구니, 깔끔하게 정리된 살림살이들이 여전하다. 시골에서 이것저것 올라왔다며 쇼핑백부터 찾아 고구마 몇 개, 감자 두어 개, 딴딴한 양파도 넣어 주신다.

"부추 한 단 사면 선영 엄마에게 반은 줘야 하는데 이제 못

주니, 반은 시들어 버리게 돼."

아주머니의 말속에 그리움이 느껴진다.

아주머닌 눈이 전보다 더 아파서 은행 업무는 아저씨를 보내신다고 하셨다. 그러면서 아저씨가 수술 후에 슬슬이라도 걸을 수 있어 다행이라며 미소를 보이신다. 오른 집값 이야기부터 소소한 이야기까지 정신없이 주고받느라 30분이 순식간에 흘러갔다. 점심 약속이 있어서 아무것도 안 먹겠다는 말에 서운하신지 찐 고구마 몇 개를 싸 주신다. 엘리베이터 문이 닫힐 때까지 손 흔들어 주시는 아주머니.

주름 속에 아쉬움이 가득하다.

내가 오늘 목동에 온 이유는 옛 이웃의 송별회를 하기 위해서다. 이미 아파트를 떠난 엄마들 셋도 모였다. 우리 넷 중 가장 어린 이 엄마는 남편과 아들을 데리고 아는 이 하나 없는 시애틀로 곧 이민을 간다. 우리들은 두 동뿐인 이 아파트에서 서로 아이들을 돌봐주고, 옷도 물려주고, 음식도 나누어 먹던 이웃사촌이었다. 특히 예전 모래 놀이터의 주 멤버들이기도 하다.

점심을 먹으며 나이 든 할머니들처럼 10년 전 이야기를 하면서 깔깔댄다. 놀이터 벤치로 김치 빈대떡을 열 장씩 부쳐오기도 하고, 수박 한 통을 가지고 나와 잘라먹기도, 이민 갈 엄마가 허리 수술로 입원했을 때는 돌아가며 그 집 아들의 저녁을 챙기기도 했다. 남편의 흉을 보고 서로 토닥여주다 보면 어느덧 마음이 풀렸고, 새 것이나 다름없는 딸아이 문제집이며 옷을 물려주기도 했다. 손주를 돌봐주시는 할머니들과도 친했었다. 젊은 엄마들에게 반찬이나 김치도 많이 나누어 주시고, 만드는 법도 알려주셨다. 아마도 그 집 며느리보다도 내가 더 많이 음식 전수를 받았을지 모른다. 홈쇼핑에서 너무 맛나 보이는 함박스테이크를 같이 사서 나누기도 했다.

우리 아파트 아이들이 일 년에 한 번 가장 기다리는 날이 있다. 여름에 하루 다 같이 모여 놀이터에서 물총 싸움을 하는 날이다. 아이들은 전날 좋은 물총을 사 놓고 잠을 자지 못할 정도로 설레어했다. 동네 어르신들은 시끄럽고 물 낭비라고 싫어하실 만도 한데 아이들 물놀이에 마냥 웃으셨다. 어느 해는 그 물총 싸움 날에 여행을 가게 되어 딸아이가 운 적도 있다. 겨울에 눈이 내리는 날이면 아이들은 계속 베란다 창에 붙어 서서 놀이터에 눈이 쌓이기를 기다렸다. 놀이터 바닥이 하얀 눈으로 덮이기 시작하면 아이들은 약속이나 한 듯 하나 둘 놀이터에 나와 눈싸움을 시작한다. 놀이터 한켠에 어느새 울퉁불퉁한 눈사람이 서 있다.

놀이터에 모래를 없애는 공사가 시작되었을 때, 아이들의 슬픔이 고스란히 엄마들에게도 전해졌다. 강아지나 고양이의 배설물과 오랫동안 바뀌지 않은 모래의 위생 때문에 우레탄 바닥으로 교체되는 기간 동안 아이들은 너무 슬퍼했다. 아이들은 무리 지어 옆 아파트 놀이터에 놀러 가곤 했지만, 결국 텃세를 이기지 못하고 시무룩하게 돌아오곤 했다.

드디어 두 달의 공사가 끝나고 놀이터가 오픈되던 날, 어떤 아이는 가장 먼저 그네를 타겠다고 아침 6시에 놀이터로 달려 나와 일등으로 그네를 탔다. 폭신한 바닥과 더 커진 미끄럼틀이 더 재미있을 듯한데 아이들은 예전의 모래 놀이터를 그리워했다.

새로운 모습으로 바뀐 놀이터, 이사를 오고 가는 사람들, 훌쩍 커버린 아이들과 학원으로 가는 아이들이 늘면서 놀이터는 자연스레 동생들에게 양보하게 되었다. 그리고 우리들도 새로 온 이웃들에게 놀이터를 내어주게 되었다. '이렇게 아이들이 크는구나, 이제는 공부할 때지…'라는 생각을 하다가도 여름에 돗자리를 펴고 소꿉놀이하던 그때의 내 딸이 가끔 그립다.

이런 추억을 같이 나누고 있는 네 명의 엄마들은 앞으로도 같이 늙어 갈 것이다. 시골도 아니고 1970년대도 아닌 2010년대 목동 한복판에 있는 두 동짜리 아파트에서의 인연이 이리 깊고 오래갈 줄은 진짜 몰랐다. 세 엄마들은 말한다. 이런 인연을 만나고 이어갈 수 있는 건 선영 엄마 덕분이라고. 홈쇼핑에서 다량의 맛있는 걸 주문하는 사람, 빈대떡을 부쳐 나오는 사람, 마트에서의 맛난 음식들을 아파트 카톡방에 올리는 사람, 제사 다음 날 떡을 나누는 사람, 소풍날 김밥 열다섯 줄을 말아 아침에 나누는 사람, 20분 만에 동치미 담그는 법을 가르쳐주는 사람, 그게 나란다.

언제 다시 볼지 모를 그 엄마를 꼭 안아본다.

"통영에서 올라와 이렇게 귀한 인연을 만나게 될 줄은 몰랐어요. 언니들 너무 감사했어요. 많이 돌봐줘서 너무 고마워요. 언니."

나에게 안기며 운다.

'몇 년 전 크리스마스이브 날 친정엄마가 돌아가실 때 참 많이 울었더랬지. 이제 울지 말고 가서 좋은 일만 가득하길….'

마음속으로만 말했다. 하고 싶은 말이 많지만 눈물이 나서 실상은 등만 토닥일 뿐이다.

인연이란 참 예상치 못한다.

피를 나눈 형제와도 바쁘게 살다 보면 마음을 나누기 힘든데, 같은 아파트의 놀이터 멤버들이 이리 지낼 수 있다니. 베푼 게 아니고 같이 나누었을 뿐인데, 그 정이 이리도 진한 인연이 되었다는 게 너무 감사한 오늘이다.

ep.
왜 방송국기자단이 되었지?

평소에 자주 보던 여행 프로그램을 보고 있는데 화면 아래 자막 한
줄이 지나갔다.
"엄마, 저거 도전해 봐. 엄마는 글 쓰는 거 좋아하잖아!"
딸의 이 한 마디가 주부로만 살아온 나에게 도전을 시작하게 했고,
그 도전은 수많은 도전을 낳게 하였다. 상상도 못 했다. 참 세상 재밌
다.

서류 통과 문자에 면접을 준비하고 있는 내가 너무나 낯설었다. 그
룹 면접이라는 사실을 알았을 때는 이미 너무 늦어버렸다. 다들 자
연스럽게 입고 왔는데 나만 정장 코트에 내 눈알만 한 진주 귀걸이
라니. 너무 빼입은 듯한 내 모습에 오히려 위축이 되었다. 가슴은 미
친 듯이 뛰고 이렇게 큰 면접실에서 면접을 보는 게 얼마 만인지 덜
컥 겁도 났다. 일대일 면접이라면 자신 있는데, 그룹 면접은 모르는
사람에게 그것도 같은 입장의 경쟁자에게 나를 내보이는 격이니 전
업주부인 나로서는 내세울 게 없었다.

요리를 잘한다 할까? 주부니 당연한 거 아닌가

오지라퍼라고 소개할까? 그러기에는 이 큰 진주 귀걸이가 부담스럽네.

이 방송국을 사랑한다 말할까? 솔직히 2, 3개의 프로그램만 챙겨볼 뿐, 거짓말은 못하겠다.

지금 생각해 봐도 면접을 어떻게 봤는지, 무엇 때문에 붙었는지 아직도 의문이다.

그렇게 시작한 기자단의 활동은 생각보다 활발했다. 입시 설명회 현장 취재는 나로 하여금 2022년 입시전략 전문가가 되게 하였다. 유명 선생님들의 인터뷰를 위해 며칠을 꼬박 공부하고 질문지를 작성하며 여러 자료를 찾아보면서 나름 준비를 하게 되었다. 점점 똑똑해지는 느낌이 들었다. 활동을 하면서 기자단 분들과 정모도 하고 그간 썼던 기사나 현장 취재의 경험들을 서로 공유하면서 각계각층의 사람들이 방송국을 교집합으로 모여 항상 신나게 이야기한다. 그러면서 다른 일들도 같이 도와주고 파이팅하며 서로를 믿게 되었다.

나는 불특정 다수인의 집단을 싫어했다. 그런 내가 어제까지도 몰랐던 사람들에게 좋은 에너지를 받고 성장할 수 있다는 사실을 처음 알게 되었다. 자주 못 만나지만 늘 밴드에 소식을 올리고 응원해 주며 서로서로를 찾는 우리는 13기 방송국기자단이다.

이성과 감성이 왔다 갔다

진지충, **엄혜령**

자기 전 습관

나는 자기 전 생각을 시작하고 남편은 그대로 잠들려 한다. 생각이 막히는 곳에서 막 잠들려는 남편에게 질문을 던지는데 그냥 답할 수 없는, 좀 생각을 해야 하는 질문을 던지니 잠들기 전 침대에서 할 일로는 꽤 곤욕스러운 일이다. "여보는 나 왜 사랑해?" 같은 식상한 질문에도 잠에 취한 입술과 잠긴 목소리를 끄집어내는 게 힘든 일인 걸 아는데, 묻는다. 나에겐, 그리고 우리 부부에겐 이 시간이 유일하게 대화할 수 있는 시간이니까.

다른 아기 엄마들처럼 상전(아기)이 잠들면 그때부터 오늘 하루에 있었던 일들, 얼마 전 일어난 일들, 오래 전 일어난, 아직 내 안에서 정리 안 된 일들과 각종 뉴스 기사들이 복잡하게 떠오른다. 생각을 시작하고 그렇게 돌아보다 막히는 지점에서 남편에게 묻는다. 이제 막 잠이 든 남편을 향해 허공에 대고, 질문을 툭 던진다. 기막힌 대답을 기대하진 않지만, 남편에겐 내 머릿속을 시원하게 밝혀주는 어떤 관점이 있다. 무심코 던진 말에도 남편의 짧은 답변에서 큰 실마리를 건질 때가 있어 자꾸 더 묻게 된다.

"선인에겐 있고, 악인에겐 없는 게 뭘까?"

"여보는 친밀함이 뭐라고 생각해? 무엇으로 친밀함을 느껴?"

"여보는 갑자기 낯빛을 바꾸는 사람들에 대해 어떻게 생각해?"

"중딩 때, 말씀 읽는 여보의 뒤통수를 때리고 간 친구들을 어떻게 견뎠어?"

잠꼬대를 답변으로 듣거나 답변을 못 들을 때도 있는데 그래도 열심히 질문을 한다. 혹시나 깨서 답해주지 않을까 하고. 그래도 답변이 없으면 질문을 간직해놓고 나도 잠이 든다.

한 번은 답변 대신 잠자리에서 질문하는 나를 꼬집는 듯한 답변을 한 적이 있는데, 어떤 일에 대한 나의 생각을 가열차게 얘기하고, "여보 생각은 어때?"라고 물으니 "난 여보가 천재라고 생각해." 했다. 어리둥절해져서 "응?" 하고 물으니, "천재들은 불평불만이 많대."라고 말하는 바람에 그 자리에서 폭소하고 기분 좋게 잠든 적이 있다.

머리가 후련했다. 남편의 생각을 알아가는 게 재밌고 유익하기도 하고, 곤란한 상황을 대하는 남편의 방법을 배우는 것도 참으로 도움이 된다(평소에도 이런 남편과의 대화가 즐겁다. 그의 판단을 컨트롤하는 핵심 가치관이 무엇인지 궁금한데 아직 알아가는 중이다). 나의 자기 전 습관과 인생공부 방법이 잔인하다고 할 수도 있지만 이 책의 글들을 마무리하면서 이제야 깨닫는다. 나란 여자, 질문이 많고 생각이 많은 사람임을. 그리고 그 생각과 질문에 답을 구하기 위해 시간을 쏟는 여자란 걸. 질문과 생각들을 다른 이들과 다르게 다룬다는 사실을 깨달았다. 이 책을 내기로 한 멤버들이 무엇에 대해 쓸지 고민할 때, 그냥 자기 자신의 얘기를 써보라는 최 기자님의 조언에 내가 제일 먼저 쓴 주제가 이 글이었는데, 아마도 나를 밝히는 실마리가 '질문'이었다는 걸 어렴풋이 느꼈나보다.

당시엔 내가 질문이 많고 질문에 답을 구하기 위해 시간을 쏟는 사람이라는 걸 생각지 못한 채, 그저 좀 특이한 내 습관이 나를 소개하는 데 도움이 될 것 같아 쓴 글이었다. 그런데 오늘 이렇게 마무리하면서 글도 정리되고, 내 생각도 정리되고 나를 알아갈 단서도 하나 얻으니, 뭔가 인생이라는 퀘스트에 아이템 하나 더 발견한 기분이다. 글을 쓴다는 게 이래서 참 좋다. 쓰다 보면 정리된다. 생각도, 사건도, 내 감정도, 타인에 대해서도(오랜 시간 생각을 정리해 한 문장으로 정리할 수 있는 다음에야 시작하는 나의 글쓰기 방식에 혁신적인 변화를 일으키고 끝까지 독려해주신 최 기자님께 갑자기 감사를 표하고 싶다).

앞에 밝힌 질문 중, "선인에겐 있고, 악인에겐 없는 게 뭘까?"라는 질문은 다른 데서 답을 구했는데 이곳에 소개하고 싶다.

내 아이에게 이기적으로 행동한 엄마들이 있었다. 임신과 출산 과정을 거치며 자연스레 모이고 친구처럼 만났던 이들이었는데, 어떤 계기도 없이 그날 그 일이 그렇게 일어났다. 혹자는 '돌려까기'라고 하기도 하고, 남편은 다른 이에게라면 할 수 없었을 나를 무시한 행동이라고 하기도 했다. 아무튼 용서가 되지 않는 그들의 행동을 곱씹으며, 선하게 살아도 악하게 살아도 세상에서 사는 모습이 같지 않은가, 진심 회의가 왔다. 그렇다고 나는 그렇게 살기는 싫었고, 그렇게 살 수도 없을 것 같아 화가 났다. 앞으로 어떻게 살지 막막하기도 했다(나에겐 삶을 어떻게 살아야 할지까지 고민케 했던 일이었다).

그런데 한 모임에서 "선인에겐 있고, 악인에겐 없는 게 뭘까요?" 하고 불쑥 질문을 던진 내게 누가 답해줬다. "사랑이지."라고. 그렇다. 이 세상의 무엇으로도 더 얻을 건 없었다. 다만, 악인에겐 없고, 선인만 소유한 게 있다면, 그건 사랑이다. 선인에게 있는, 자기 안의 사랑이 이미 그의 보상이고 그의 상이다.

다행히 나의 어려운 질문들이 어떻게든 답을 얻는다. 재미없는 나에게 진지하고 성실하게 답변해주는 사람들이 있다. 아직 내가 인생을 탐험하는 이 여정이 즐겁고 재미난 이유다.

인생의 귀한 질문들을 구하고 답변을 채록하는 모든 과정,
그 자체가 인생이고 소중한 나의 자산이다.
나는 질문으로 산다.

그리고 혹시 잠꼬대를 답변으로 듣는다는 말에 나의 자기 전 습관을 너무 잔인하게 받아들이실 독자가 있을 것 같아 밝혀두기를, 매일 귀찮게 하는 것은 아니니 너무 걱정하지 않아도 된다. 그렇게 매일 질문을 발견한다면야 나는 더 없이 좋겠지만. 최근에는 웹툰에서 일상과 인생에서 누구나 한 번쯤 느꼈고 경험했지만, 어디 꺼내놓고 말하기는 애매한 일들을 크게 공감하며 즐겨보고 있다. 어릴 적 즐겨 본 만화의 주제가 성인이 되고나서 들으니 인생진리가 담겨있었던 경험, 혹시 우리 독자들 중엔 없을까? 나는 만화에서 참 많은 진리를 배웠는데. 자기 전 나의 습관은 어쩌면, 성공한 사람들이 한다는, 자기 전 성찰이지 않을까? 그랬으면 좋겠다!

질문을 위해 다녀온 거리

아이를 어린이집에 등록하려 맞벌이 증명을 위해 출판사를 차린 건 맞지만, 출판사를 시작하기 전에 해결해야 할 질문이 있었다. '어떻게 내 생각을 나와 생각이 전혀 다른 사람들에게(비난 받을 걸 알면서도) 용기 내어 말할 수 있을까?'였다. 이것을 해결하지 않고는 이제껏 무수히 수많은 일기장과 노트에 글을 써왔지만 인쇄물로 내 글을 출판하는 일은 시작할 수 없을 것 같았다. 그래서 20대 때 알았던 동생을 찾아갔다. 늘 그 동생이 SNS에 올렸던 한 포스팅에 대해 묻고 싶었는데, 바로 지금이 그 질문을 해야 할 때였다.

나와 그 동생은 교회 안에서 알게 된 사이다. 우리가 다닌 교회는 작지 않은 교회였는데 나의 SNS 친구들은 대부분 같은 교회 교인들이었고, 나의 SNS 피드는 일정한 정치색의 글들이 대부분이었다. 교회에서 SNS 활동을 많이 하시는 분들이 지지하는 정당이나 정치색은 대부분 일치했었기 때문이다.

그런데 온 나라 온 국민, 그리고 전 세계가 우리나라의 두 여인을 주목하던 시점에 내 피드에 전혀 다른 색의 글이 하나 올라왔다. 그 동생의 글이었다. 그때부터 지금까지 줄곧 궁금했다. 그 글을 어떻게 올릴 수 있었는지. 교회에서 일을 많이 했던 그 동생은 SNS 활동을 활발히 하시는 교회 중진들과도 잘 알았다. 교회 안에서 정치 얘기를 하거나 중진들 앞에서 꺼내 놓을 만큼 그렇게 자유로운 분위기는 아니었기 때문에(내 느낌엔 그랬다), 그 포스팅을 어떻게, 왜 올렸는지는 늘 나의 궁금증이었다. 더욱이, 교회라는 권위 안에서 대부분이 선이라고 믿는 것에 반하는 개인의 다른 의견을 내놓기는 정말 어렵다고 생각했기에 더욱 궁금했다. 또, 그 동생은 내가 보기에 모두가 예스라고 외치는 행동 말고, 자신의 신념을 행동으로 옮길 줄 아는 실천적인 크리스천 중 하나였기에 그 동생이 자신의 생각을 실행에 옮기게 하는 원동력도 늘 궁금한 것 중 하나였다.

그 질문을 하러 각종 외부 일정으로 한 달 스케줄이 꽉 찬 때에 왕복 다섯 시간을 걸려 그 동생에게 다녀왔다. 아기를 어린이집에 맡기고 광역버스만 두 번을 갈아타고 동생 사무실에 들러 답변을 듣고는 곧장 다시 버스를 타고 어린이집에서 아기를 하원시킨 날이다. 꼬박 질문하러 편도 두 시간 더 되는 거리를 다녀왔다. 이 질문 하러 여기까지 아기 엄마가 온 거냐고 물었던 그 동생과 동생의 누이 얼굴 표정이 지금도 선하다.

그런데 그날 하루를 꼬박 투자해 들을 가치가 있는 답변을 얻었다. 그 이후로 내 생각과 글을 지인이 아닌, 생각이 다른 타인에게 밝힐 수 있는 방법을 얻었다. 필요한 건 용기가 아니라 내 주변에 나와 같은 생각을 지닌 사람들이 많아서 내 생각이 자연스러운 생각이 되는 것이었다. 실제로 '나만 유독?', '나 혼자 이런 건가?' 싶을 때 불안을 느끼고 의사를 표현하기 어려우니 이 동생의 얘기는 일리가 있었다. 아무렇지 않은 듯 당시 상황을 설명하고 얘기해줬지만, 실로 내게는 인생 답변이었다.

나는 질문이 많지만 그 질문들이 하루를 다 써도 될 만큼 소중하다. 나에겐 정말 중요한 실마리고, 인생을 어떻게 살지에 대한 답을 듣는 일이니까. 과거 역사에서 모사, 책사를 구하기 위해 은둔해 있는 현인들을 찾아 귀한 시간을 쏟고, 스승을 얻는 일을 나라를 세우는 일만큼 중요하게 여기지 않았던가? 실제로 한 사람에겐 그만큼 귀한, 인생의 지혜가 있다. 이해되지 않는 행동들도 그들의 귀한 경험에서 배운 어떤 기준을 갖고 행동한 일일 거란 생각을 한다. 아무쪼록 많이 듣고 많이 배우고 싶다. 정말 배우고 싶은 사람에겐 하루와 일 년을 다 쓰더라도 곁에 머물며 듣고 싶다. 세계 리더와의 점심 식사 테이블을 수억씩 주고 사는 사람들의 이유와 다르지 않다.

답을 들려줄 수 있는 누군가를 만날 수만 있다면 왕복 다섯 시간이 걸리든 하루가 꼬박 걸리든 반드시 만나야만 하는 일이다. 지금 이렇게 벌써 두 번째 책을 쓰고 있지 않은가. 나의 생각을 인쇄물로 어떻게 낼지 고민한 게, 출판사를 등록하려고 한 게 딱 일 년 전인데, 벌써 한 권의 책을 출간하고 다시 공저자로 책을 내기 위해 또 쓰고 있다. 그 질문과 답변으로 인해 정말 내가 달라졌다. 나의 삶이 달라졌다. 지금 나는 지역에서 작가로 활동하고 있다. **삶의 무게가 무겁다고 하지만, 어떻게 살아낼지 조그만 힌트라도 얻고, 힘을 낼 수 있다면 그 무거운 인생도 굴러가기 시작한다. 내가 원했던 그 곳으로.**

실제로 작가는 나의 어릴 적부터 오랜 시간 꾸어온 꿈이었다. 회사 입사하듯, 어떤 시험을 통과해야 하는 일도 아니고, 글 쓰는 법이란 걸 누가 가르쳐 줄 수 있거나 내 얘길 다른 누가 써줄 수 있거나, 글쓰기란 게 기술처럼 배워서 일정 기간 내에, 목표한 지점까지 오를 수 있는 게 아닐 거라 생각했기에 막막했던 그 자리에, 지금 내가 있다. 그 교회 동생에게 질문하러 다녀온 거리 보다 훨씬 더욱 멀리 내 삶이 나아가고 있다.

아기, 온전한 인격

나에겐 삶을 어떻게 살아야 할지까지 고민하게 했던 그 일로, 나는 아동학대와 영유아, 아동에 대해 실제로 세상이 어떻게 그들을 대하는지 많은 공부를 하게 됐다. 어떻게 살아야 할지 조그만 힌트라도 얻고, 힘을 내야 했던 때였다. 가슴에 무거운 돌을 얹은 그 사건으로 인해 멈춘 내 인생을 다시 굴려야했다. 그리고 이렇게 멈춰버린 내 인생이 원치 않는 방향으로 흘러갈지도 모를 상황에서 내 생각을 정리하고, 내가 살고픈 삶을 놓아버리지 않도록 답을 구해야 했다. 2019년 5월, 세계문화예술교육주간이 한국에서 열렸다. 일주일간의 여러 강연과 워크숍 중, 이탈리아 '라 바라카(La Baracca)' 극장 예술감독 로베르토 프라베티가 보여준 영상에서 이탈리아가 영유아를 대하는 모습을 보고 나의 양육관을 재확인했고, 내 인생을 다시 굴릴 실마리를 얻었다.

로베르토 예술감독이 보여준 영상에서 생후 6개월에서 12개월 즈음 되는 아기들이 공연장에 기어서 들어오거나 뒤뚱거리며 들어온다. 그리고는 앉아서 자리를 잡고 눈앞에 펼쳐진 전문 무용가의 공연을 본다. 개중에는 일어나 음악에 몸을 맡기며 무용가와 교감하고 앙상블을 만들어가는 아기도 있다. 음악이 흐르다 분수령처럼 터지는 곳에선 감정의 샘이 터지듯 소리를 내지르는 아기도 있다.

이것이 내가 아이를 바라보는 관점이다. 작은 어른. 예술을 흠향할 만큼 이미 온전한 인격체. 감성과 감정을 갖고 있는 사람이라는 것. 이 어린 아이들이 자신의 생각을 타인에게 세련되게 전할 기술을 갖추지 못했다고 해서, 그들이 자신들을 존중하지 않는 대우를 인식하지 못할 것이라 생각하는 것은 진짜 어리석다고 생각한다. 어린아이들이 어른만큼 반격할 수 없다고 해서, 그들이 어른이 느끼는 것들을 동등하게 느끼지 못할 거라 여기는 것이나, 그렇게 여기고 어른에게 대할 때만큼 예우하지 않는 건 아주 비열한 행동이라고 생각한다.

더 나아가 어른이 자신의 양심을 속이고 훈육인 양, 실은 자기 방어를 하거나 자기감정을 풀고 있는 행동, 또는 세련된

말과 행동으로 아이에게 수동적 공격을 펼치는 것 따위 모두 진심으로 어리석다. 아이들은 언어가 아니라 그의 비언어적 행동으로 이미 그의 메시지를 다 꿰뚫고 이해하고 있으니까. 그리고 그런 어른들의 비열한 행동에 난 더할 수 없는 분노를 느낀다. 그런 어른은 말 그대로 비열하다. 하지만 우리 안엔 다 그런 어린아이만도 못한 치사하고 졸렬한 비열함이 있다. 그래도 다스리거나 다스리지 못한 자신의 모습을 정직하게 시인하고 사과할 수 있는 어른이 돼야 한다.

나는 어린아이를 대하는 태도로 사람을 구분한다. 자신의 의사를 자기 뜻대로 펼칠 수 없는, 또는 어른인 내 힘으로 억압할 수 있는 어린아이를 대하는 모습이 그의 진면목이라고 생각하기 때문이다. 아이를 조롱하거나 살아온 경험치로 가르치려 하거나 아이보다 더 중요한 일이 많다는 식으로 아이의 일과 말을 무시하는 사람을 싫어한다. 언제라도 아이뿐 아니라 누군가에게 그렇게 대할 수 있다고 생각한다.

요즘 《다시, 교육》이라는 방송 프로그램을 관심 있게 시청하고 있다. 어제, 오늘 얘기가 아닌 우리나라 학교 교육과 북유럽의 학교 교육 방식을 취재하여 보여주고 있다. 교육방식은 평가방식을 따라갈 수밖에 없는데, 결국 입시 위주의 평가방식을 가진 우리나라에서는 아이 개개인의 다양한 재능과 사고방식을 반영할 수 있는 교육방식이 존재하기 어렵다는 결론을 들었다. 교육이 왜 이렇게 어려운 걸까. '교육자치', '혁신교육지구' 등 많은 변화를 거듭해왔지만, 우리나라 교육은 왜 우리가 원하는 데까지 변화하지 못한 걸까. 나는 우리나라 사람들이 어린 사람, 즉 아이를 대하는 편견과 선입관이 깨어지지 않았기 때문이라고 생각한다. 그들에게 의식이 있고, 그들 스스로 문제를 해결할 어떤 의지와 능력을 가진 존재라고 인식하지 못함에 있다고 생각한다. 그들의 그런 의식과 의지를 인격적으로 대우해주지 않음에 근본적인 문제가 있다고 생각한다.

우리나라의 입시방식은 한 인간을 평가하기 보다는 어떤 선별조건이 우수한 품종이나 제품을 가려내는 방식이라고 생각한다. 입시가, 사회가, 한 인간을 인격적으로 대우할 때, 심지어 작은 어린아이에게까지 그 의지를 믿어주고 생각을 지지해 줄 수 있을 때, 기다려 그의 생각을 봐줄 수 있을 때, 변화될 거라고 생각한다. 우리는 아이가 어떤 일을 할 때, 아직 어려서, 몰라서, 장난을 좋아해서, 그저 호기심으로 벌이는 행동이라고 생각할 때가 많지 않은가. 아이의 행동은 내가 생각하는 것보다 훨씬 더 미래에 가 있다. 잠시 난장판을 벌인 아이의 행동을 두고 지켜보라. 그 아이가 진짜로 뭘 하려고 했던 건지는, 그 난장판을 벌이고 내 화딱지가 치솟을 대로 치솟은 후에야 천천히 알 수 있다.

말과 글의 무게

    일주일 전에 책을 출간했다. 첫 출간이었다. 지난 두 달간 어떻게 살았는지 모르겠다. 여러 일과 맞물리고 짧은 시간에 책을 내느라 그 후유증이 너무 크다. 돌보지 못한 아기가 아프기 시작해서 큰 병으로 옮겨져 대학병원을 다니고 있고, 내 몸은 인쇄 들어가던 날 잠깐 긴장이 풀려서 감기가 오려하다가 도로 다시 긴장 상태가 됐다. 원고 마감 기일을 몇 번을 지나면서 극도로 긴장 상태였던 집안 분위기는 남편과 나의 관계에도 찬물을 몇 번 끼얹었다.

    그중 가장 큰 후유증은 말과 글의 무게를 실감한 일이다. 이번에 나온 책은 현역 마을활동가들의 이야기를 담은 책이었는데 단순한 활동상을 싣기보다 어떻게 그 활동을 하게 되었고, 이후 활동을 통해 이루고 싶은 건 무엇인지 등의 이야기를 담다보니 개인적인 이야기를 하지 않을 수 없었다. 그런데 그 이야기를 어디서부터 어디까지 해야 할지, 어떻게 담아내야 할지 개개인이 바라는 바와 기대하는 바가 다 달라 무척 힘든 작업이었다. 한 시간에서 세 시간 분량의 인터뷰 녹취록을 다 원고로 쳤다. 당사자에게 보여드리고 덜어내고 싶은 내용을 확인받았다. 다시 각 개인마다 두서없이 이야기한 인터뷰들을 콘셉트를 잡고 중간에 서술자인 나의 내레이션을 섞어 완만한 표현으로 골라 글을 지었다.

찬미하는 글이 되길 바라지 않았고 담백하고 솔직하게 이야기하되 아직도 활동하고 있고 이미 지역에서 오래 활동해온 한 개인의 이야기가 사람들의 구설에 오르지 않도록 쓰려고 매우 조심스러웠다. 하지만 아무리 조심한다 한들 결국 마지막은 독자의 몫이란 걸 알았다. 어떻게 겸손하게 이야기해도 내용 자체를 꼬투리 잡거나, 활동가를 알고 있는 누군가가 악하게 이야기하고자 하면 어찌할 도리가 없다는 것을 알았다. 마지막은 독자의 몫이란 걸 알면서도 어쨌든 글로 풀고 있는 내 역할을 생각지 않을 수 없었고 그 압박감이 너무 심해서 고통스러울 정도였다.

이런 가운데 세 명의 꽃다운 젊은 연예인의 극단적인 선택으로 인한 비보를 들으니, 더욱 말과 글의 무게를 온몸으로 느꼈다. 오전 열 시부터 밤 열 시까지 한자리에 앉아 글을 읽고 또 읽고 반복해서 수정하고 퇴고한 글을 다시 해당 개인에게 최종확인 받아서 쓰고 또 쓰기까지 너무나 고통스러운 시간이었다. 정말 살아있는 개인의 이야기는 앞으로 내 나이 70은 넘어서 쓰리라고 다짐할 정도였다.

내가 사는 동네를 위해, 우리 동네 아이들을 위해 좋은 일을 하고자 한 그들의 행보에 조금의 흠결도 없이 완전무결하기만 바랄 순 없다. 하지만 그렇다고 얼굴도 모르는 누군가의, 의도도 알 수 없는 비난에 의해 개인이 다치는 일이 생길까 첫 출판하는 이로서 걱정이 되지 않을 수 없었다. 생각 없이 한 말들, 악의적 비난들에 대해, 출간이 늘어갈수록 내성이 생길까도 싶지만, 뜻밖에 공황장애로 약을 복용중이거나 안타깝게 생을 마감하는 연예인들을 보면 쉽게 내공으로 다져질 일은 아닌 것 같다.

누군가의 흠결이 나의 흠결일 수도 있다는 생각을 하면서,
나의 말과 글에 어떤 무게가 실려 있는지 말하기 전에,
쓰기 전에 한 번만이라도 조심스러웠으면 좋겠다.

자유를 찾아서 1

지금 우리 집엔 네 명의 각기 다른 자유를 찾는 이들이 있다. 경제적 자유를 찾는 우리 남편과 스트레스로부터의 자유를 찾는 나와 놀이의 자유를 찾는 우리 아들, 그리고 시간의 자유를 찾는 친정아버지.

아버지가 엊그제, 12월의 마지막 날 우리 집에 오셨다. 아버지는 어느새 더 이상 일할 곳을 찾지 못하다 점점 늘어나는 채무에 독촉을 받아오셨는데, 새해를 보름여 남겨두고 할머니가 돌아가시자 극단적인 생각을 하셨다. 우리 동 행정복지센터에서 노인들이 일자리 상담 받는 모습을 보았던 기억이 나서 얼른, 동네 주민센터라도 다녀오시라고 말씀을 드리고 전화를 끊었다. 신의 계시인지 끊자마자 아버지의 핸드폰으로 날라 온

주민센터의 문자 한 통에 그 길로 우리 집에 주소를 두신 아버지가 한달음에 우리 집으로 오셨다. 주민센터를 방문하고 아버지 거처로 돌아가셨는데, 얼마 지나지 않아 주민센터에서 연락받아 면접을 보시고 1월 2일부터 나오라는 말에 아예 짐을 다 싸서 우리 집에 오셨다.

사업가로서 진 빚 치고는 워낙 뉴스에서 보는 액수가 커서인지, 그리 크진 않지만, 누군가 나서서 선뜻 해결해 주기엔 많은 액수기도 하고 그렇게 나서서 해결해줄 만한 관계를 쌓지 못하셨기도 하고 가족들이 나서서 도와줄 형편도 되지 않는다. 글쎄… 가족들이 힘을 어떻게든 합하면 가능하겠지만 아버지는 가족들에게 환영받지 못한다. 매번 같은 내용으로 전화하시지만 안 좋은 생각을 하실까 나 역시 뻔한 답변을 드려야 하면서도 전화를 받거나 문자에 짧게 답변을 드리곤 했는데, 할머니가 돌아가시고 진짜로 안 좋은 생각을 하시는 아버지의 문자에, 나도 황급히 아버지의 일자리를 찾아보게 되었다.

공단도시이자 신도시인 우리 동네에 생각보다 일자리가 많다는 걸 알았다. 그래도 시니어 일자리마저도 오십 대의 은퇴자들에게 밀려 갈 곳 없으실 텐데 일흔이 넘어 취직이 되신 건 하늘이 도운 거라고 했다. 이곳에서 앞으로 여든까지 십 년간 계실 것과 자산도 아닌 생필품으로 대출을 해주는 사람들로

부터 더 이상 대출을 받지 못하시도록 아버지 명의의 물건들을 처분하시거나 양도하시는 조건으로 우리 집에 계실 수 있다고 말씀드렸다. 극단적인 생각까지 하셨는데 자산을 처분해야 한다는 말에는 생각을 해보겠다고 하신다. 평생 자유를 누리려 살아오셨는데 그건 좀 생각해보셔야겠다고.

엄마 말로는 아버지는 내가 초등학교 2학년이 되던 해에 회사에서 나와서 실직생활을 오래 하셨다고 했다. 아버지의 실직을 알게 된 건 4학년 때 할머니 댁으로 들어가면서다. 그 후로 아버지는 좀처럼 자리를 잡지 못하셨다. 할머니 댁 바로 옆에 YWCA 여성회관이 있어 미용기술을 배웠던 엄마는 내가 5학년이 되면서 취업을 하시고 지금까지 그 일을 하고 계신다(물론 지금은 엄마 자신을 위해 일하고 계신다). 아버지는 사업으로 잠시 돈을 벌기도 하셨지만, 일정하게 수익이 나지 않았고 일이 있다가 없다가 하셨다. 자유로운 몸으로 살아오신 세월의 대가를 아버지 주변에 전화를 받아주는 사람들이 감당해오다 다들 지쳐 나가떨어져, 스스로를 책임져 본 적 없는 아빠가 극단적인 생각을 할 때 즈음 취직이 되어서 우리 집에 오셨다.

난 새해 첫날 잠을 이루지 못했다. 일흔 넘은 노인을 노동법에 적시한 대로 제대로 대우해줄지, 고용을 안정적으로 끝까지 보장해줄지 모르겠다. 아빠가 일정한 수입을 가져오신대도 아기 하나도 잘 못 챙기는 내가 아빠와 함께 평화를 이루며 살 수 있을지 모르겠다. 아이 하나만도 스트레스를 최소한으로 줄이려 돈으로 메우는 부분이 많은데 아빠까지 감당할 수 있을지. 남편은 이 일을 어떻게 받아들일지. 남편과 아빠 사이에서 내가 감당할 스트레스는 어떤 종류일지, 얼마나 한 것일지. 아빠 일자리를 우리 동네에서 알아봐드리는 일을 너무 쉽게 생각한 건 아닌지. 모든 일이 걱정되기 시작했다. 고등학교 이후로 아빠와 같이 산 적이 없는데…. 진짜 어떻게 될지 하나도 모르겠다. 내가 자라온 힘겨운 시간을 내 아이에게 반복하는 건 아닐지 너무 두렵기도 하다. 남편과의 관계도 무사할는지 잘 모르겠다.

밤새 이런저런 생각을 하다가 채무도 감당 안 되면서 평생 자유는 포기할 수 없었다는 아빠의 말에서 생각이 걸렸다. 우리는 모두 자유를 꿈꾸고 있구나. 아빠는 사업으로 돈을 벌고자 함에 목적이 있지 않았고 그저 사업을 언제든 벌일 수 있는 자유로운 몸을, 자기 시간을 포기하지 않았던 것이란 것을 알았다. 어딘가에 메이지 않고 차를 끌고 다니며 사람들을 만나며 이런저런 사업 아이템을 발견하고 소개하는 걸 즐거워한 것이란 걸 알았다.

나는 어떤가. 우리 가정 수입에 맞지 않게 아이의 놀잇감과 외식으로 과도하게 지출하고 있다는 걸 알면서도 줄이지 못한다. 아이 챙기면서 매끼 밥하는 걸 힘들어하고 아이가 조르는 일을 매번 타이르는 게 힘들어서 스트레스를 받다가 지금은 최소한으로 스트레스를 줄이고자 돈으로 메웠다. 남편은 재정적 자유를 위해 퇴근 이후엔 부동산과 경매 강의 등을 시청한다. 우리 아기는 언제 어디서나 놀 수 있길 바란다. 무엇을 가지고든 어떻게든 놀고자 한다. 놀이의 자유를 위해 사회가 아기들에게 불합리하게 적용하는 모든 부분과 싸운다.

그런데 한 가지 확실한 게 있다. 내가 누군가를 무언가를 의지하는 순간, 그 누군가 또는 무언가에 종속된다. 우리는 목적으로 태어났기에 다른 누군가를 내게 종속시키려 해서도 안 되고 나 스스로를 다른 누군가에게 예속시키려 해서도 안 된다. 나의 자유는 거기서 온다. 내 스스로 나 자신이 추구하고자 한 자유를 힘껏 책임지려 할 때만이 자유로울 수 있다고 생각한다. 감당하지 않으면 분명 다른 누군가가 내 몫을 떠받치게 된다(그리고 감당하고 있는 누군가에게 내 자신이 종속된다. 그도 나도 서로 깨닫지 못하는 사이. 어느 순간부터).

아버지의 자유의 대가를, 그동안 자식으로서 아버지를 돌보지 않은 내 몫을 누군가가 감당하고 있었을 거다. 새해 벽두부터 걱정으로 시작했지만, 아버지를 우리 집으로 오시라 하고, 우리 내외가 나서서 주변정리를 돕기를 잘했다는 생각이 든다. 천국은 침노하는 자의 것이라 하셨는데, 능력도 없이 불구덩이로 뛰어 들어 간 건 아닌지, 불구덩이를 끌어안은 건 아닌지 두렵지만 적극적으로 자유를 찾아 침노하는 나에게 천국을 허락해주실 것을 간절히 기도한다. 텔레비전으로만 보던 노후파산과 자녀교육 리스크와 노후준비 리스크가, 노후가 준비되지 않은 베이비붐 세대의 일이 곧 우리 아버지였고, 아버지가 가정을 안정되게 보살핀 바 없지만, 아버지의 리스크와 준비되지 않은 노후에 내 몫이 없지 않음을 고백하고 싶다.

자유를 찾아서 2

아버지께서 집에 오신 지 한 달이 됐다. 1월 2일부터 출근
하라는 연락을 받고 짐을 다 싸서 우리 집으로 오신 아버지가
당일에 출근을 하셨다. 그리고 한 시간 만에 돌아오셨다. 자신
이 오케이라고 하면 합격된 거라고 말하던 미화반장의 말이 사
실이 아니었나 보다. 꼭 출근하셔야 한다고, 더 이상 사람 받지
않겠다고 주민센터에 연락할 거라며 몇 번을 인사하고 나한테
도 문자까지 왔었는데. 출근 당일 미화반장이 관리사무소에 있
던 사람에게 아버지를 인사시켰는데, 관리사무소에 있던 사람
이 아버지를 잠시 나가 있으라고 하고는 잠시 후, 미화반장이
오늘은 일단 집에 돌아가 계시라며 한 사람 더 보고 결정한다
고 했단다. 그리고 오후에 연락을 주면 나오시면 된다고 했단
다.

그날 오후 내내 아버지는 집에 계셨다. 너무 쉽게 한 번에 취직되어서 은근히 불안하기도 후련하기도 했었고, 출근하라는 말을 듣고도 아파트 단지 일이란 게, 일뿐만 아니라 사람들과의 관계가 대부분인 일인데, 잘난 연구원으로 살아오신 아버지가 아파트 쓰레기 정리나 청소, 미화 일을 동료들과 잘 해낼 수 있을지는 더 걱정됐었다. 중간에 잘려서 연초에 모집이 끝나버리는 공공근로 어디에도 지원할 수 없을까 봐서였다. 그리고 한 달을 아버지와 집에서 보냈다. 아이를 등원시키면 온전히 내 공간이었던 집 안에, 할 일도 갈 곳도 없이 서성이거나, 보수 정치인의 성난 목소리가 크게 울리는 유튜브 채널을 시청하는 노인과 함께인 것이었다.

스트레스로부터의 자유를 찾는 아기 엄마인 나는 이 상황이 시간이 지나면 나아질 거라 믿고 있었다. 서로 점차 상대방의 패턴에 익숙해질 거라 믿었다.

처음 일주일은 아주 무거운 침묵이 집안을 누르고 있었다. 2020년 1월 1일부터 7일까지 일주일은 그냥 집에만 있었다. 방법을 몰랐다. 그저 어떤 지출도 하면 안 될 것 같았다. 한 달, 4주 중에 한 주라도 지출을 제로로 만들어 입이 하나 더 늘어난 우리 집의 재정적 충격을 좀 완화하고 싶었다. 그리고 우리가 방만하게 사는 모습이 아버지에게 어떤 안이한 마음을 불어넣을까 나도 덩달아 타이트하게 내 용돈의 고삐를 졸라맸다. 그렇게 일주일을 정말 집에만 있었고, 지출 제로를 성공하는 듯했다.

그 다음날인 8일, 보도리(아이 태명)를 등원시키고 그 길로 집으로 가지 않고 집 근처 아울렛으로 가는 버스를 탔다. 아버지께는 일이 있으니 점심 챙겨 드시라고 하고. 지난 겨울 내내 사려고 한 스타일의 옷들을 사고, 먹고 싶은 메뉴를 점심으로 먹었다. 이전 일주일 동안 아무 것도 쓰지 않았으나, 평소 일주일 동안 지출하던 돈보다 더 많은 금액을 이날 썼다. 웃음이 난다. 그리고 다시 한 번 새삼 깨달았다. 억지로 되는 것은 없구나. 하하하.

넓은 집이었지만, 아버지와 온종일 같은 공간에 있자니, 답답해 미칠 것 같았다. 왠지 아버지 점심을 차려 드려야 할 것 같고, 늘어져 자고 있는 나를 타박하는 것 같고, 바로 집 앞에 잘 조성된 공원을 산책이라도 시켜 드려야 할 것 같았다. 더욱이 글을 쓸 땐, 나 혼자 조용히 거실에서 글을 쓰곤 했는데, 귀가 안 들리시는 아버지가 보수정치인의 유튜브를 크게 틀어놓고 듣거나, 스피커폰으로 전화 통화를 하시니 글 쓰는 환경이 전과는 많이 달라져있었다. 남편이 돌아오면 그때 좀 숨통을 돌렸다. 내 얘기 할 수 있는 남편에게 말하면서. 그런데 남편과 대화를 하기 시작한 것도 시간이 좀 지나서였다. 우리 둘 누구도 아버지가 오시고 일주일간은 무엇도… 얘기하지 못했던 것 같다.

아버지께서는 현관 쪽의 방과 화장실을 사용하셨고, 같은 면적의 다른 집보다 두 배는 넓은 거실을 지나, 드레스룸과 화장실이 달린 안방에서 나와 남편, 보도리가 생활했다. 아버지께는 평일 주 2만 원의 용돈을 드리고, 충전된 교통카드를 드렸다. 새벽같이 일어나시는 아버지는 아침은 알아서 챙겨 드셨다. 시리얼을 드시든, 밥을 지어 드시든 하셨다. 보도리가 일어나서 등원시키고 돌아오면 아빠랑 나는 점심을 같이 먹었다. 다시 오후 내내 집에 있다가 보도리를 하원시켜 집에 데리고 오면 아이를 데리고 놀아주다 남편이 퇴근하는 시간에 맞춰 저녁을 같이 준비하고 네 식구가 함께 저녁을 먹고 그날의 이야기를 하다 각자 잠이 들었다.

그러다 어느새 아버지를 챙겨드려야 한다는 부담이나 압박감은 서서히 사라졌다. 서로 억지로 맞추지 않았고, 애쓰지 않았다(침묵으로 보낸 시간이 서서히 자리를 찾아가는 것 같았다). 예를 들면, 아버지께서는 온종일 채무 독촉 전화와 씨름하셨는데 안방에서 듣는 나는 그 부분에 부담을 갖지 않았다. 남편의 퇴근 시간에 맞춰 저녁을 준비하려는 부담을 내려 놓은 지는 이미 오랜데, 아빠의 저녁을 준비하는 일에도 부담을 갖지 않았다. 엄마와 떨어지지 않으려고 에너지도 호기심도 왕성한 보도리와 놀아주는 나를 남편은 잘 이해해줬다. 그래서 얼마간은 남편이 퇴근해서 저녁 준비가 안 돼 있으면 서둘러 오자마자 저녁을 차렸는데, 얼마 지나 남편도 그 부담을 내려놨다.

신기한 건 그렇게 다 흘러 가장 편안하고 적절한 방법으로 메워졌다.
부담이 거둬진 자리에 유연한 방법으로
그때그때 맞는 방식으로 자연스럽게 지나갔다.

그리고 어느 순간, 아니, 처음부터 나도 남편도 느꼈다. 아버지가 오신 뒤로 우리 생활에 질서가 생기는 좋은 점도 있다는 걸. 그리고 그렇게 남편과 나는 우리 생활에 찾아온 질서를 잘 부여잡기 시작했다. 나는 점심을 잘 챙겨먹기 시작했다. 물론 아빠와 함께. 대충 때우지 않고 제대로 집에서 있는 재료로 잘 해먹었다. 밥과 김, 젓갈, 김치 밖에 없을 때도 오히려 내 몸엔 가장 편안한 점심이었다. 그리고 남편도 저녁 일곱 시면 집에 와서 저녁을 함께했고, 보도리도 어느새 식탁에 앉아 저녁을 함께하는 즐거움을 알았다.

세 가족이 지내다 아버지와 함께 지내는 주말은 처음엔 어색했다. 아버지도 우리 집에서 편히 계시질 못하는 눈치였다. 아버지는 아버지가 사시던 집으로 먼 길을 다녀오시기도 했다. 우리는 아버지와 움직이기엔 부담이 되는 맛집을 우리끼리 다녀오기도 했다. 그러다 어느 순간(글을 쓰면서 아무리 되짚어도 잘 기억이 나지 않는다), 정말 부지불식간에 자연스럽게 주말을 같이 보내게 됐다. 하루 종일 그냥 집에서 각자의 공간에서 나뒹굴었다. 원래 자신이 보내던 방식대로. 그리고 저녁에 같이 저렴하고도 맛있는 신도시의 맛집을 찾아가 먹고 기뻐하기도 했다.

처음 일주일의 무거운 침묵 뒤로 어느새 자연스럽게 나는 글을 쓰고 있다. 다시 일상을 찾았다. 각자 모두. 자기 방식대로. 난 항상 애쓰고 노력하거나 노력이 독이 되면, 그 노력을 중단하거나 했는데, 애써서 하거나 아무것도 하지 않거나하는 방법이 아닌, 그저 자연스럽게 상황이 제자리를 찾아가는 것을 이렇게 체험하게 됐다. 어떻게 하는 것인지 늘 알고 싶었던 것을. 스트레스로부터의 자유는 그렇게 각자의 삶을 존중해주고, 각자 자기만의 방식이 타인의 방식과 함께하는 방법을 찾아가도록 시간을 주고 기다려줬을 때 찾아왔다.

그리고 재정의 자유를 찾고자 하는 남편은 결국 전기차를 구입하며 숨통을 트였다. 한 달에 40만 원가량의 유류비와 톨게이트 비용을 출퇴근 비용으로 지출하던 것을, 중고 전기차를 구입함으로써 눈에 보이는 매일의 지출이 사라지고 재정적 자유도 오는 느낌인가 보다. 남편이 전기차를 구입하고 아버지는 남편이 사용하던 가솔린 자동차를 사용하시게 됐다. 덕분에 나도 등하원과 내 사무실까지 아버지가 태워주시니 하루에 내가 쓸 수 있는 시간이 늘었다. 아버지는 좀 더 자유로워지고 숨통이 트이셨다. 어디라도 나갈 수 있고, 할 일도 생기신 셈. 역할도 생기고, 손자 등하원 길도 함께하시고.

그리고 다음 달에 이사 갈 예정이다. 이자와 관리비가 확 줄어들 것이다. 공간은 많이 좁아지겠지만, 또다시 익숙해지겠지. 그리고 처음부터 그 공간에서였다면 쉽지 않았겠지만, 이렇게 넓은 공간에서 함께를 적응해볼 기간을 가진 것도 감사하다. 놀이의 자유를 찾는 우리 보도리는 요즘 완전 신났다. 엄마가 시간도 체력도 더 많아지면서(할아버지의 라이드덕에) 엄마의 "안 돼!"보다 "그래~"가 더 늘어났기 때문이다.

결국 자유를 찾게 될 것이다. 우리가 찾던 자유를. 그렇게 믿고 있다. 지금도 조금씩 우리의 자유의 영역을 늘려가고 있으니까.

비장미

내가 가장 좋아하는 글이자 글을 정말 이렇게 써보고 싶다고 생각하게 만든 글이 있다. 바로, 윤오영의 『방망이 깎던 노인』이다. 방망이 깎는 노인의 묵묵함을 이야기한 글의 내용과 노인의 모습도 내가 지향하는 삶의 모습이지만, 이 글의 문체도 수월하게 읽어내려 갈 수 있는 '내려쓰기'식이란 것. 내가 글쓰기에서 궁극적으로 바라는 바이자 글을 쓸 때 늘 염두에 두는 글이다. 그 글의 분위기를 상상하며 글을 쓰는데, 내 글에 대한 주변의 평을 들어보면 수식이 장황한 만연체라고 하거나 평범한 내용에 비장미가 넘친다고 한다. 글이 비장하다고….

왜 이렇게 내 글이 비장할까 생각해봤다. 왜 난 힘을 빼지 못하는지.

고민 끝에 내 글의 비장함이 거기에 있을 수 있겠다는 생각이 들었는데, 바로 그냥 내 삶이 그런 것 같다. 나는 일상보다 디데이(D-day)를 더 잘 해낸다. 퍼포먼스나 단기 프로젝트에서 큰 능력을 발휘한다. 매일 반복되는 일들을 잘 못한다. 같은 것을 반복하는 일을 잘 못한다. 그대로 하면 되는데…. 회사에서 연구관리직을 수행했던 때에도, 나보고 같은 길이의 제품을 견본을 주고 만들라고 하는데 그걸 잘하지 못하는 사람이라고 했다. 반대로 새로운 걸 만들라고 하면 그건 신기하게 단시간에 잘 해낸다고 했다.

살아오는 동안 긴장이 없었던 적이 별로 없었던 것 같다. 대학 연극동아리에서 호흡을 배울 때, 같은 기수의 친구보다 다른 훈련은 잘하면서도 호흡은 그 친구가 훨씬 잘하는 걸 두고 선배는 그 친구는 인생에서 긴장이 별로 없었던 거라고 얘기한 적이 있다. 실제로, 부모님의 관계가 긴장 속에 있었고 재정적으로 평탄하지 않아서 밖에서도 늘 긴장 속에 살았다. 대학교 들어가기 전까지 그랬다. 대학교를 다니는 동안, 내가 원하는 걸 내 힘으로 얻을 수 있는 시간 동안은, 큰 자유와 힘을 맛보았다. 그리고 졸업 이후엔 다시 평범하지 않은 누군가가 돼야 한다는 압박감 속에서 많은 길을 헤맸다. 그리고 남편을 만나 결혼하면서 이래도 혜령이, 저래도 혜령이니 상관없다는 남편의 말에 모든 자유를 맛보고 평안의 극단을 누렸다(당시 결혼한 나의 모습을 보며 원래 쟤가 저렇게 안정된 애였냐며 놀라워하고 남편은 나와 결혼한 것만으로 3대 성인服人에 꼽히기도 했다).

전략적으로 어떤 목표를 성취해내고, 위기 상황, 문제 상황에서 판단과 실행이 빠르고 적응능력이 빠른 게 주로 나였는데, 나의 삶이 늘 전투 중이었고, 항시 긴장하고 전투태세로 대기 중인 군인처럼 살았다는 걸 알았다. 일상은 능력 없이 그냥 지내면 되는 건 줄 알았는데 출산하고 아기와 하루를 집 안에서 보내다 보니 그게 아니었다. 평범한 하루하루를 보내는 걸 실감해본 적이 별로 없었다는 걸 알았다. 임신하고, 아기 낳고 내 몸이 더 이상 내 말을 안 따라주고, 내가 할 수 있는 일이 극단으로 좁아지고 나서야 주어진 환경에 순응하는 방법과 아주 제한된 상황이 나에게 자유로 다가오는 것을 배웠다.

그래서 나의 글이 비장미인 이유가
내 삶의 호흡이 긴장이었기 때문이 아닐까 생각했다.

그래서 고칠 수 없을 것 같다. 앞으로의 삶이 다른 호흡을 가지지 않는 이상. 글은 그 사람의 무의식과 삶의 호흡을, 저자의 의지와 상관없이 담는다고 생각하기 때문이다. 윤오영 선생님이나 이오덕 선생님처럼 아이들이 읽기에도 부담되는 단어 하나 없이 그냥 내려 읽을 수 있는 글을 쓸 수 있도록 오늘도 열심히 힘을 빼려고 노력, 아니 노력 않고자 한다. 노력한다는 의식도, 힘도, 다 빼고 싶다. 자연스럽게 쓰고 싶다.

ep.
왜 방송국기자단이 되었지?

아기가 24개월을 맞으며 이듬해 어린이집을 보낼 생각을 하고, 무엇으로 사회생활을 다시 시작할지 생각하던 차였다. 그때, 그 광고를 보았다. 항시 틀어놓던 우리 집 고정채널에서 '내 인생의 터닝포인트'였다며, 전 기수 방송국기자단 분이 소감을 인터뷰하는 짤막한 내용이 흘러나왔다. 지원서 쓰고, 두 시간 반 버스 타고, 사회 초년생처럼 면접을 봤다. 텔레비전 보고 글 쓰는 일이니 아기 돌보면서 할 수 있을 것 같았다. 아기와 하루 스물네 시간, 집 안에서 2년을 보낸 내가 생각할 수 있는 진짜 커다란 사회활동이었다. 그런데 정말 커다란 사회활동이었다. 내가 쓴 글들이 공식 블로그에 게재되고, 현장 취재를 하기도 했으며, 각종 연계 행사 정보도 얻고, 무엇보다 두 달에 한 번 있는 방송국기자단 정모는 내 인생의 전환점이 되어줬다.

회사에서 또는 기존의 자리에서 이미 많은 책임을 지고 있는 분들이 각종 기자단을 하고 계실 뿐 아니라, 그 기자단 활동을 통해 자신의 삶의 영역을 활발히 확장해나가고 계셨다. 더욱이 가정에서도, 자신을 위해서도 참으로 열심히 성실히 사시는 모습들을 보고 만날 수 있었다. 어느새 나도 그 분들을 닮아가고 있던 것일까. 나는 방송국기자단을 하던 6개월 동안, 출판사를 내고 지원 사업에 선정되고, 내가 사는 지역에서 문화 기획까지 하고 있었다. 방송국기자단에 지원 서류를 처음 쓰던 그 겨울엔, 상상도 할 수 없는 모습이었다. 집 안에서 텔레비전을 통해 공부하고, 글을 써서 세상과 소통하고 싶을 뿐이었는데, 어느새 나는 방송국기자단을 수료하고 활발히 사회활동을 하고 있다. 그때 그 선택은 정말 최고였다.

열정 재능 발굴러

압력솥, **신용민**

반백살의 열정

'열정'의 사전적 의미는 더울 열(熱)에 뜻 정(情), '어떤 일에 열렬한 애정을 가지고 열중하는 마음'이다. 나는 음악 활동을 열심히 하고 있다. 작곡도 하고 부부합창단, 직장인밴드의 멤버다. 《밤새의 음악놀이》, 《아저씨의 피아노 배우기》라는 유튜브와 오디오 채널도 운영 중이다.

얼마 전 작곡과 유튜브에 전념하고자 직장도 그만뒀다. 재취업이 어려운 무려 47세의 나이에 말이다. 이렇게 말하면 구독자가 많거나 무슨 대단한 가능성이 있어서 퇴사를 했다고 생각하겠지. 아니면 모아둔 돈이 많거나. 전혀 아니다. 오디오 채널과 유튜버를 합쳐도 구독자는 고작 350명 정도다. 작곡가로서는 아직 데뷔도 못했다.

사람들은 나에게 열정적인 사람이라고 말한다. 그중 대부분이 속으로는 '무모한 사람, 대책 없는 사람'이라고 생각하는 것 같다. 하긴 내가 생각해도 대책이 없다. 그러나 대책은 없어도 생각은 있다. 눈에 보이고 손에 잡히는 계획은 없어도 느낌적인 느낌으로 일을 저질렀다는 말이다.

과거에는 세상이 주입시킨 기준에 따라 열정에는 반드시 결실이 따라야 한다고 생각했다. 뿐만 아니라 지속되는 열정만이 가치 있는 거라고…. 금방 끓었다 식는 걸 흔히 냄비에 비유하지 않는가? 그러나 나이를 먹을수록 삶은 케이스 바이 케이스라 정답이 없는 것 같다. 누가 누구의 삶에 감히 잣대를 들이대고, 쉽게 평가할 수 있겠는가? 그가 사회적 지탄을 받아 마땅한 범죄자가 아니고서야….

드럼 레슨을 하는 후배가 말했다. "형님, 직장인밴드를 함에 있어 열정을 주의하셔야 합니다. 열정적으로 덤비다가 제풀에 지쳐 포기하시는 분들이 많아요. 열정보다는 꾸준한 연습이 중요합니다." 맞는 말이다. 열정이 현실과 부딪히면 여러 가지 어려움에 봉착한다. 첫 번째 난관은 열정만큼 능력이 안 되는 자신을 발견하는 일이다. 그러면 대부분 자신에게 실망하고, 이미 프로가 된 능력자들을 부러워하며 포기하기에 이른다.

지금 다시 피아노를 배우고 있지만 이런 이유로 나는 과거 여러 차례 기타, 피아노 배우기를 포기했었고, 작곡은 너무 어렵다고 생각해 아예 엄두도 내지 못했다. 50을 바라보고 곧 60이 될(중년들은 대부분 동의하겠지. 나이를 먹을수록 세월이 빨리 간다) 나는, 어려서부터 음악을 제대로 배우지 못하고 마음껏 하지 못한 것이 한이 되었었다.

　　이대로 늙어가는 내 자신을, 먹고 사는 일 때문에 물끄러미 바라보고만 있을 수는 없었다. 그래서 전략을 바꾸었다. 퀄리티가 낮아도 계속하는 것(지속성)을 1순위로 두자고. 그래서 아마추어라 퀄리티가 낮아도 작곡, 편곡, 피아노 연주를 해서 여러 채널에 올리고 있다. 이 방법은 나처럼 성실성과 끈기가 부족한 사람에겐 딱인 것 같다. 채널에 올려야 되니 연습을 안 할 수 없고, 증가하는 구독자와 댓글이 동기부여가 되기 때문이다.

　　악기를 배워보면 호기심과 의욕에 차서 시작할 때와는 달리, 배울수록 쉽지 않음을 실감하게 된다. 특히나 유튜브 등에서 능력자들의 연주를 보고 있으면 '이렇게 훌륭한 연주자들이 많은데 굳이 내가 왜 이걸 배우려고 끙끙거리고 있나? 그냥 즐겁게 감상만 하자.'라는 생각이 절로 든다. 그러나 귀를 통해서 듣는 음악과 몸을 전율하게 하는 음악이 다르다는 것을 악기를 배워보면 안다. 그래서 악기를 계속 배우는 것과 곡을 계속 쓰는 것은 내 인생에 큰 가치가 있다.

'열정' 나는 이것을 사랑에 비유하고 싶다.

사랑하면 다 결혼하고, 결혼하면 다 아기를 낳아야 되는 것은 아니다. 사랑하는 순간과 과정 속에서 사랑 그 자체를 향유하는 것이 사랑이다. 열정이 지속되지 않아도 상관없다. 그 원인이 진정 열정이 식었기 때문이라면 말이다. 하지만 열정은 가슴속에 여전히 있는데 과정의 어려움 때문에 포기하는 것이라면 "그건 아니다."라고 여러분과 나 자신에게 말하고 싶다.

열정 때문에 돈도 벌고, 사회적 성공도 하면 좋겠지. 하지만 적어도 나에게는 그건 내 영역 밖이라고 본다. 마케팅을 체계적으로 분석해서 성공을 위해 질주할 능력도 없고, 너무 영리 쪽으로 치우치고 싶지도 않다. 본질을 훼손할 가능성이 다분히 있으니까.

하고 싶은 일을 열정적으로 한 후에 "후회 없어. 만족해."라고 말하고 싶다.
이것이 진정한 열정의 정의가 아닌가 스스로 되새겨 본다.

함께라서 더 재미나는 세상

방송국기자단이 되기 전에 나는 그리 사교적인 사람이 아니었다. 사람을 사귀기 싫었던 게 아니라 볼품없는 나에 대해 자신이 없었던 것 같다. 그리고 '먹고살기도 빠듯한데 모임은 무슨…' 하는 생각도 있었다. 하지만 정말 그냥 한번 지원해 본 기자단에 덜컥 합격하면서 내게는 많은 변화가 있었다. 경상도 촌놈이 서울에 가서 다양한 사람들과 어울리면서 세상은 넓고 가능성은 많다는 사실에 눈이 뜨였다고 할까?

일단 합격한 자체가 신기했다. 전국에서 일반부는 대략 25 명을 뽑는데 그중에 내가 되다니, 방송국기자단은 홍보단인데 블로그 이웃도 몇 명 안되는 내가 합격하다니… 기자단은 배려심이 깊은 분, 정이 많은 분, 책을 협찬받아서 어마어마하게 서평을 하시는 분, 유명한 홍콩배우 카페의 회장님, 신의 직장을 조기 퇴직한 유튜브 크리에이터, 전직 뮤지컬 감독(세계 일주의 경험까지 갖고 계신) 등 실로 화려하고 재미난 인력풀이었다.

문화 충격이었다. '나는 그동안 왜 자신에게만 갇혀서 넓은 세상, 다양한 사람들에게 스스로 마음을 닫고 살았는가.' 하는 생각에 정신이 번쩍 든 느낌이랄까? 이후로 나는 사랑하는 음악을 매개로 직장인밴드, 부부합창단에서도 활동하고 있다. 모임이 많아서 연습 시간이 부족하긴 하지만 뒤늦게 함께하는 재미를 제대로 느끼는 중이다. 직장인밴드는 내년 지역밴드대회를 목표로, 부부합창단은 제주국제합창축제를 목표로 부지런히 연습 중이다.

인간은 근본적으로 고독한 존재. 내 모든 사정과 속마음을 까발리고 살 순 없지만 소통이 없는 삶은 고인 물 같아서 에너지를 발휘하지 못한다. 물은 움직일 때 촉촉한 비도 되고, 우렁찬 파도도 되고, 태풍을 동반한 폭우도 되고, 시원한 계곡물도 되지 않는가?

내 속의 열정을 유지하기 위해서도 이 '소통'은 정말 중요하다. 소통에는 격려와 화합, 피드백이 포함돼 있기 때문이다. 사람은 감정의 동물이라 아무리 굳은 결심으로 일을 시작해도 격려가 아닌 비난과 책망을 계속 받으면 의욕이 떨어질 수밖에 없다. 우리 모두 잘 알듯 '칭찬은 고래도 춤추게 한다.'

화합이랄 수 있는 콜라보에 대해서는 할 말이 많다. 나는 오디오 서평 채널을 운영하면서 방송국기자단 13기 중 여러 분들에게 서평을 부탁했는데, 다양한 분들이 다양한 목소리로 다양한 책에 대해 자신의 생각을 말하는 것이 참 재밌었다. 또 곡을 쓰고 나면 보컬이 필요한데 이런 과정 속에서 새로운 음악 친구를 사귀기도 했다. 또한 그들의 능력을 작품 속에 녹여내는 일은 비록 상업적인 프로의 결과물은 아니지만 나름대로 의미 있고 꽤 보람이 있었다. 그래서 나는 나중에 문화협동조합을 만들어서 재능 있는 분들과 함께 다양한 문화예술 작업을 시도해 보고 싶다.

피드백은 내 열정에 대한 사람들의 반응이다. 무관심, 비난, 마지못한 인사치레, 진정한 격려 등 사람들의 반응은 다양하다. 유튜브나 오디오 채널에 콘텐츠를 올려도 댓글이 많이 달리는 것, 조회수가 안 나오는 것 등등 사람들의 반응은 예측이 어렵다. 성의를 다해 만들었다고 해서 사람들이 관심을 가져준다는 보장도 없다.

나는 최근 아내 친구 모임에 불려 나가 내 유튜브 채널에 대해 한 분께 혹평을 들었다. "철저한 준비 없이 유튜버를 시작하는 것은 요리도 못하는데 식당을 개업한 것과 같다.", " 이 곡은 잡스럽다." 등등… 이런 부정적인 피드백을 듣고 기죽을 필요는 없다. 열정을 꺾어버리기 때문이다. 그렇다고 무조건 배척할 필요도 없다. 그런 부분이 있으면 인정하고 개선해 나가면 되고, 비록 나 자신이 그렇지 않다 하더라도 한 사람의 의견으로 받아들이면 된다.

**이렇듯 소통이란 열정을 키워나가는 데 있어서
빠져서는 안 될 약방의 감초다.**

아무에게도 보여 주지 않을 그림을 생전에 골방에서 수년간 열정적으로 그려서 사후에도 땅속 깊이 묻어 버린다면, 그 그림이 발견되기 전까지는 무슨 의미가 있겠는가? 열정이란 것, 꿈이란 것도 삶의 일부이고 삶은 사람들과 더불어 살아가는 것이기 때문에 사람들과 나누지 못하는 열정은 메마른 고목과 같다.

나는 음악과 문화예술에 대한 이 열정의 에너지를 가지고 다양한 사람들을 만날 것이다. 그리고 그들과의 재미난 콜라보를 통해 멋진 작품들을 많이 남기고 싶다. 그런 과정 속에서 그들과 희로애락을 나누는 것도 삶의 또 다른 재미 아니겠는가?

'나이 들면 사진밖에 안 남는다'라는 말이 있다. 나는 죽기 전에 다양한 작품들을 남기고 싶다. 이런 작품들은 내가 새로운 사람들을 사귀게 도와줄 것이고, 훗날 할배가 되어서는 친구들과의 술자리에서 재미난 안줏거리가 될 것이다.

실패릴레이, 일단 질러보자

실패에 대해서라면 정말 할 말이 많다. 이 나이 먹도록 소위 말하는 '출세'나 '경제적 안정'에 실패했고, 그렇다고 돈을 떠나 내 영역을 확실하게 구축하지도 못했기 때문이다. 최근 프랑스 철학자 샤를 페팽의 『실패의 미덕』이란 책을 읽었다. 이 책을 읽기 전부터 실패와 안전이라는 키워드에 대해 나름대로 생각하고 있던 차에 어떤 브런치 작가의 추천이 있었다.

나는 나름대로 개방된 사람이라 생각했었는데, 지나온 삶을 돌이켜 보면 나 역시 어릴 때부터 받아왔던 주입식 교육, 자본주의적인 가치관에서 자유롭지 못했던 것 같다. 어린 시절과 젊은 시절, 내 꿈을 펼치지 못했던 이유는 여러 가지가 있겠지만 내 안의 부정적인 목소리에 귀 기울이고, 거기에 나 자신을 동일시한 것이 가장 큰 이유다. 부모의 이혼 등 힘들었던 가정사는 분명 현실이었지만, 그건 내가 날개를 덮고 숨을 충분한 이유가 되지 못했다.

이제야 나는 실패에 대해서, 인생을 바라보는 새로운 시각에 대해서 조금씩 눈이 뜨인다. 우리는 성공과 실패, 과정과 결과라는 이분법으로 삶을 나누기를 너무 좋아한다. 삶은 마치 계속 사라지는 소리 속에서도 진행되는 음악같이 시간이라는 철길 위에서 성공과 실패, 과정과 결과가 섞이고 반복되는 여정인데 말이다.

샤를 페팽은 『실패의 미덕』에서 성공에도 실패에도 결코 자신을 동일시하지 말라고 강조한다. 나를 둘러싼 환경이 초라하고 현실의 내가 별 볼 일 없어 보여도 그것은 내가 아니라는 말이다. 반대로 내가 한 일들이 결과가 좋아 사람들의 인정과 경제적 보상이 따라온다 해도 그것 역시 내가 아니다. 우리 모두 연약한 인간인지라 성공에 기뻐하고 실패에 좌절하는 건 당연하다.

그러나 당장의 감정은 그럴지라도 근본적인 멘탈에서 우리는 음악 전체를 들어야 한다. 삶 자체를 기뻐해야 하는 것이다. 살아가고 있다는 자체, 그 에너지 자체 말이다. 그래서 나는 부실하고 병든 육체를 갖고 살아왔지만 지금껏 생존한 나 자신에게 박수를 보내고 싶다. 살아있다는 건 하고 싶은 걸 해 볼 수 있는 가장 기본적인 조건이니까.

실패 반대편에는 성공 외에 '안정'이라는 키워드가 있다. 술자리에서 친구들은 자신과 가족을 위한 '안정' 때문에 지금껏 직장생활을 참고 해왔으며, 대부분의 사람들이 그렇게들 산다 고 말한다. 나는 친구들에 비해 자유분방한 편이지만 그런 나 또한 '안정'을 위해서 여러 갈림길에서 현실적인 선택을 해왔 다. 그러나 결과는 두 가지 측면에서 모두 만족스럽지 못했다. 경제적 성과도 없었고, 자기만족도 없었다.

스마트폰의 출연으로 PC가 사양 산업이 되자, 오래 운영 하던 컴퓨터 가게의 매출이 점점 줄어들게 되었다. 그즈음 꿈 에 부풀어 시작한 오디오 카페를 동업자와의 불화로 접게 되면 서 현실적인 대안으로 푸드트럭을 해 봤지만 빚만 더 늘고 말 았다. 이후 안정된 직장을 원해 2년간 준비한 공무원 시험에 떨 어졌을 때는 정말 세상이 끝난 것 같았다. '이렇게 많은 나이에 이토록 굳은 결심으로 공부했는데 떨어지다니 신은 정말 나를 미워하는 걸까?' 하는 생각도 들었다.

하지만 내 예상과는 다르게 공무원 시험 낙방 후 나는 새로운 희망을 갖게 된다. '나이는 50을 바라보고, 더 이상 잃을 것도 없으니 하고 싶은 것을 시도해 보자.'로 생각이 바뀐 것이다. 우연히 알게 된 공모전 사이트를 통해 평소 관심 있던 글쓰기와 음악 관련 다양한 시도들을 하게 된다. 그 결과 '방송국기자단'을 시작으로 '금융소비자연맹 소비자 기자', '완주군 소셜지기', '경남문화예술회관 모니터링단' 등으로 활동하게 된다.

나중에는 너무 바빠서 두 군데를 그만두긴 했지만, 이런 활동들은 내 삶에 신선한 자극이었다. 특히 '방송국기자단 13기' 기자분들은 내가 만든 노래를 합창하고, 내 오디오 서평 채널에 녹음을 해 줄 정도로 좋은 분들이 많았고, 그런 긍정 에너지들로 지금 이렇게 함께 책까지 쓰고 있다.

또한 '경남문화예술회관 모니터링단'은 활동의 대가로 공연을 무료로 볼 수 있어서 문화예술을 좋아하는 나에게는 정말 너무 신나는 활동이었다. 이런 활동을 바탕으로 분명 모집 요강만 봐서는 자격이 안되는 인터넷신문 취재 기자에 도전해서, 그동안 내가 쓴 글들의 가능성을 인정받아 당당히 기자가 됐다. 기자가 된 이후에는 지역 내 대형마트의 갑질을 취재한 기사가 이슈가 되면서 나름대로 인정을 받기도 했다.

음악적으로는 '팟프리카'라는 오디오 플랫폼에서 매일 열

개씩 띄워주는 메인 배너에 내 채널이 현재도 자주 소개되고 있는 등 크지는 않지만 소소한 성과를 거두고 있다. 무엇보다도 '작곡'을 더 이상 겁내지 않고 도전을 시작했으며, 계속 이어가고 있다는 것이 가장 큰 성과라 하겠다.

결국 '안정'을 위해서 몸 사리고 했던 일들은 내 삶의 가능성들을 퇴보시켰지만, 안정이고 뭐고 일단 질러 본 일들은 내 삶의 가능성들을 보여주고 지평을 넓혀 주었다.

다 행복하자고 하는 짓

　나는 음악을 무척 사랑하지만 만약 나를 감옥에 가두고 날마다 온종일 강제로 음악을 듣게 한다면 음악이 무척 싫어질 것 같다. 이처럼 열정을 가지고 시작한 일도 성공에 대한 강박이나 완벽에 대한 집착이 지나치면 그 열정이 짐이 될 수 있다. 삶 전체의 큰 그림을 보면 내가 열정을 가진 분야 외에도 세상엔 신나고 재밌는 일들이 무척이나 많다.

　최근 암으로 투병 중인 이어령 교수는 유튜브 채널 《셀레브》와의 인터뷰에서 "나는 인생을 좁게 살았다. 어릴 적부터 글쓰고 읽고 사색하는 것만이 삶에서 가장 중요한 것이라 생각했기 때문에 다른 길이 없었다. 후회스럽다."라고 말한 바 있다. 문학평론가, 교수, 장관, 언론인 등 남들이 볼 때는 화려한 삶을 살았지만, 많은 가능성이 열려 있는 다양한 꿈을 꾸지 않고 '위대한 작가가 되어야겠다.'라는 꿈만을 좇은 것이 과연 한 번 뿐인 삶을 가치 있게 산 것인지 뒤돌아보게 된다는 말이다.

이전 직장 동료 중에 산과 들과 카페를 정말 열심히 다니시는 분이 있다. 가깝고 먼 곳을 가리지 않는다. 어떤 병이었는지 물어보진 못했지만, 아마도 이전에 삭발할 정도의 투병 생활을 겪은 후에 삶을 대하는 태도가 많이 달라진 것 같아 보였다. 나도 작곡 공부, 피아노 연습, 책 읽기, 유튜브 영상 만들기 등으로 날마다 바쁘지만 가끔은 아내와 야외에 나가 이 멋진 가을과 함께 여유 있는 중년의 삶을 누리지 못하는 게 어리석게 느껴진다. '그래! 다 행복하자고 하는 짓인데, 주객이 전도된 것 아닐까?' 하는 생각도 든다.

삶에 정답은 없다. 꼭 내가 김연아나 박지성처럼 위대한 성취를 이뤄야 하는 것은 아니다. 미미한 존재감으로도 나와 내 가족, 이웃이 행복하다면 그 또한 소중한 인생이다.

직장인밴드도 실력만 강조하는 팀은 잘 깨진다. 실력만 강조하고 멤버 개개인의 속사정을 모르니 서로에 대한 이해와 배려가 없게 된다. 그러면 자연스럽게 멤버 간에 갈등이 생기고 팀이 오래가지 못하는 것이다.

최근 우리 팀의 신입 보컬을 데리고 보컬 학원에 상담을 받으러 간 적이 있다. 내심 보컬학원에 등록하기를 바라서였다. 그런데 상담 중에 이 친구의 폐가 상당히 닫혀 있고, 그 원인이 수년 전 어머님의 큰 교통사고 때문이란 걸 알게 됐다. 사고 현장을 목격한 충격으로 숨을 깊이 쉬지 못했고 그 후유증이 지금까지 남아 있었던 것이다. 그런 줄도 모르고 우리는 멤버들마다 한 마디씩 보컬에게 잔소리를 해댔던 것이다. 호흡이 어떻다느니, 배로 불러야 한다느니, 목소리에 파워가 없다느니 하면서 말이다. 직장인밴드는 음악을 하기 위한 모임이 맞지만 음악을 잘해야겠다는 목표만을 강조하다 보면 이런 부작용이 생긴다. 이 친구는 속으로 그만둘 생각까지 했다고 고백했다.

이전의 나는 술자리를 싫어하는 사람이었다. 무익한 시간 낭비라고 생각했기 때문이다. 아주 친한 친구들과의 진솔하고 깊은 대화의 자리가 아니라면 대부분 무익하다고 생각했다. 그러나 나이가 들면서 생각이 바뀌었다. 상대방이 무심하게 뱉는 말이라도 그 말을 통해 상대를 알 수도 있고, 내가 배울 만한 정보나 철학을 듣게 되는 경우도 있다.

또 나는 외모 꾸미기, 옷 잘 입기에 정말 관심이 1도 없는 사람이었는데, 이 또한 최근 생각이 바뀌었다. 일제 치하 의열단 단원들처럼 언제 죽을지 모르는 인생, 때로는 근사하게 멋을 내는 것도 그야말로 멋진 일이라는 생각이 들었다.

결국 모든 가치 위에는 사람이 있고, 사람에 대한 가장 단순한 진리는 우리가 살아있다는 것과 죽는다는 것 아니겠는가? 그러니 때로는 천천히, 삶의 풍경을 돌아보며 갈 필요가 있다. 삶이 아무리 시간이라는 철로 위의 기차라지만 정거장에 잠시 멈춰 서서 주전부리도 사 먹고 수다도 떠는… 그런 재미가 있어야 하지 않겠는가?

어쩌면 시골의 이름 없는 평범한 촌부가 이어령 교수보다 더 행복해하고 있을지도 모른다. 한 분야의 전문가보다 여러 가지를 조금씩만 할 줄 아는 사람의 행복지수가 높을 수도 있다.

나 역시 기타든 피아노든 악기를 능숙하게 다루지는 못하지만 기타는 기타대로, 피아노는 피아노대로 연주하는 맛이 있다. 악기를 배우고 싶지만 부담스럽다고 하시는 분들에게 그 맛이 어떤 맛인지 정말 세세하게 알려주고 싶을 정도다. 최근 클래식 공연과 트롯 공연을 보면서 바이올린과 아코디언도 연주해 보고 싶은 욕심이 생겼다. 바이올린 소리가 너무 심금을 울렸고, 아코디언은 소리도 좋을뿐더러 길거리 악사 노릇하기 딱 좋은 악기이기 때문이다.

이런 나를 보고 어떤 이들은 "하나도 제대로 못하면서 욕심만 많아 가지고."라며 비난할지도 모른다. 나는 이것을 욕심이 아니라 호기심이라고 표현하고 싶다. 호기심이 사라진 삶은 재미가 없고, 나는 재밌게 살고 싶으니까. 나는 언젠가 도보여행도 꿈꾸고 있다. 최미영 작가님이 추천하신 도보 전국 일주 여행기 『퇴직하는 날 집 나간 남자』도 조만간 읽어볼 계획이다.

열정도 좋지만 종종 숨 고르기를 하자.
'다 먹고살자고 하는 짓'이란 말처럼
'다 행복하자고 하는 짓' 아닌가?

우쭈쭈, 괜찮아! 너는 멋쟁이

　　나에겐 말하기 부끄러운 두 가지 지병이 있다. 평소 병원을 싫어할뿐더러 병원에 가봤지만 뚜렷한 치료책이 없는 고질병이라 그러려니 하고 산다. 나이는 먹어가고 배워야 할 것들, 해야 할 일들은 많은데 이런 병들이 내 시간을 잡아먹는 걸 보면 질병들이 미워지고, 내 몸이 미워지고, 건강관리를 제대로 못한 내 의지가 미워지며 결국은 현실에 대한 짜증과 원망으로까지 이어진다.

　　하지만 이런 마음가짐은 악순환의 반복 외에는 우리에게 가져다주는 게 없다. 건강에는 스트레스 등 마음 상태가 굉장히 중요한데, 짜증과 원망은 우리 몸의 면역 체계를 어지럽힌다. 스트레스가 만병의 근원이라는 사실을 우리는 익히 알고 있다.

얼마 전 유튜브 채널 《셀레브》에서 모 가수의 인터뷰 영상을 봤다. 자신을 '항상 강점보다는 약점을 먼저 생각하는 사람'이라고 표현했다. 약점이 많지만 보완하기 위해서 무척 애쓰고 있다는 내용이었다. 약점을 보완하기 위한 노력이 의미 없다는 이야기는 아니다. 다만 계속해서 시선을 약점에 집중하는 것은 우리의 에너지를 고갈시킨다는 걸 말하고 싶다.

'해 아래 새 것이 없다.'는 성경 말씀처럼 인간의 삶에 완벽이란 단어는 어울리지 않는다. '인간'이라는 단어 자체가 신과 대비되는 불완전함 그 자체 아닌가? 어떤 이유에서건 약점 보완에만 집중하다 보면 시간이 다 지나가 버리고 우리는 인생을, 현실을 제대로 즐길 수 없다. 내가 가난하거나 부족해도, 부족한 사람과 함께 있어도 행복해 할 수 있는 여유와 유머가 있는 삶이 진정한 삶이다.

『죽음의 수용소에서』의 저자 빅터 프랭클 박사도 유머의 중요성을 강조한다. 본인이 직접 체험한 수용소에서의 삶, 고통이 도처에 도사리고 있는 그곳에서 유머는 수용자들이 고통을 이겨낼 수 있게 도와준 큰 힘이었다는 것이다. 약점을 끊임없이 고쳐야 하는 피곤한 삶보다는 강점으로 약점이라는 허물을 덮는 방식이 불완전한 인간에게 맞는 삶의 방식이다. 얼핏 완벽해 보이는 외모를 가진 연예인도 인터뷰를 해보면 자신만의 콤플렉스를 가지고 있다. 얼굴은 조그맣고 귀여운데 손이 우람하다든지… 그래서 약점을 커버하고 장점을 부각시키는 화장법 등 코디법이 있지 않나?

무슨 일을 하든 기본적으로 요구되는 자질인 꾸준함과 성실함. 나는 그런 성실함의 비결이 타고난 유전이나 성실한 부모의 영향이라고만 생각했다. 그러나 비교적 불성실했던 내가 그들을 부러워하며 간과한 사실이 하나 있었다. 그들이 '무엇을, 어디를 바라보고 나아갔나?' 하는 부분이다. 자신의 약점보다는 장점과 가능성을 바라봤기 때문에 당장은 결실이 없어 보이는 하루하루의 삶을 지탱할 수 있었고, 결국은 열매를 맺었다는 것이다. 그렇다면 나를 비롯한 불성실맨들, 의지가 굳세지 못한 분들도 성실할 수 있는 가능성, 결국에는 열매를 맺을 수 있는 가능성이 있다는 이야기다.

타고난 성실함? 그런 거 믿지 말자. 무한한 가능성을 믿고 내 강점과 약점까지도 사랑한다면 우리는 충분히, 넉넉히 죽을 때까지 성실할 수 있다.

나는 얼굴이 사각형에다 색이 검고, 점이 많다는 콤플렉스가 있었다. 얼굴이 작고, 하얗고, 갸름한 남자 연예인을 보면 부러웠다. 어머니를 원망하기도 했다. 얼마 전 술자리에서 우리 직장인밴드 멤버에게 그 이야길 했더니, '내 말을 듣기 전에는 전혀 그런 생각을 안 했는데, 말을 듣고 나니 그런 생각을 가지고 나를 보게 된다.'고 말했다.

그래! 자기가 애써 스스로를 못났다고 하는데, 굳이 그 사람을 훌륭하게 봐줄 사람이 몇 명이나 될까? 객관적으로 이목구비가 훌륭하지 못한 사람도 스스로 매우 당당하면 멋있어 보인다. 자기 이미지는 자기가 만들어 나가는 것이고 그것이 타인이 나를 보는 기준이 된다. 그래서 객관적 잣대로 내가 못났더라도 그 '객관적'이라는 기준도 누군가가 정한 것일 뿐 절대적인 게 아니므로, 꿀리지 말고 자신감을 갖자. 항상 자신을 멋진 사람이라 생각하자.

나는 내가 만든 노래가 별로라는 평을 받아도, SNS에 올린 콘텐츠에 '싫어요'가 달려도 그다지 개의치 않기로 했다. 그래서 노래를 완성한 후에는 지인들에게 들어달라고 카톡 등으로 요청을 해서 칭찬이든, 충고든, 그 사람 개인의 취향 또는 느낌이든 모두 듣는다.

각양각색의 사람들이 모여 사는 지구촌에서 모두에게 사

랑받는 콘텐츠를 만드는 것은 불가능하고 그럴 필요도 없다. 질도 중요하지만 '그 콘텐츠에 자신감이 얼마나 묻어 있나?' 하는 요소도 콘텐츠의 분위기를 좌우한다. 아무리 봐도 언밸런스한 옷인데, 모델의 표정이 너무 자신만만하면 '저게 어떤 의도를 가진 예술적인 패션인가' 하고 한 번 더 보게 되지 않나?

작곡가의 꿈을 가진 사람으로서 유튜브를 조금만 검색해 봐도 음악 잘하는 사람은 너무 많다. 다들 젊은 나이에 어찌 그리 감성, 연주 실력, 춤 솜씨, 보컬 능력, 작곡 능력까지 탁월한지… 정말 후덜덜하다. 이런 환경에서 음악을 오래 할 수 있으려면 우선 기죽지 말아야 한다. '나는 전공자가 아닌데, 나는 피아노를 못 치는데, 나는 화성학을 모르는데…' 이런 생각에 빠지면 결국은 손을 놓게 된다. '빌어먹을! 세상엔 왜 이렇게 잘하는 사람이 많은 거야? 신은 왜 이렇게 불공평하지?' 하는 원망과 함께….

인간은 기본적으로 모두 천재(天才)다. 하늘 천(天), 재주 재(才). 하늘(신)이 재주를 안 준 인간은 없다. 나는 돈 안되고 가능성 없는 일을 한다고 나를 비난하는 사람들에게 당신들이 틀렸다는 것을 보여줄 것이다. 음악으로 큰돈을 벌겠다는 것이 아니다. 많은 나이지만 음악을 하면서 행복하게 살 수 있다는 사실을 삶으로 증명할 것이다.

'삶이란 어차피 다 그렇고 그런 거야. 먹고살기 위해 마지못해 참고 살아야 하는 거야.' 하는 염세적인 철학이 틀렸다는 걸 증명해서, 내 또래의 의기소침한 중년을 비롯해서 용기를 잃은 사람들에게 희망을 주고 싶다.

골때리는 남편과 살아주는 덕업

대기업이나 공기업 등 신의 직장에 수십 년간 근무한 분들에게 퇴사란 굉장한 사건일 것이다. 하지만 나는 자영업을 오래 하다가 폐업 후 직장을 자주 옮긴 탓에 퇴사가 그다지 큰 사건은 아니었다. 그래도 50을 바라보는, 재취업이 쉽지 않은 나이다 보니 주위에서 더 난리다. 내가 속한 직밴 드러머가 지인과의 술자리에서 농담 반 진담 반으로 나를 '음악 한다고 직장 때려치운 또라이'라고 말했단다. 이것이 대부분의 사람들이 나를 바라보는 시선임을 나도 안다.

퇴사를 결정한 2019년 추석 연휴에 아내는 정말 이혼을 진지하게 고민한 모양이다. 나는 무일푼이지만 똥자존심 하나는 남아 있어서 "갈 테면 가라. 잡지 않겠다."라고 말했다. 아내는 "골때리는 남편이지만 없는 것보단 있는 게 낫다."는 친구의 말에 마음을 접었다고 한다.

'삼식이'란 말처럼 내가 세 끼를 아내에게 받아먹진 않는 다. 아점은 주로 셀프로 콩나물김치국밥을 끓여 먹는다. 많이 해봐서 아주 능숙하다. 아내 것까지 챙겨주진 못하지만 내가 먹을 건 잘 챙겨 먹는다. 살아있어야 뭐라도 해 볼 수 있고, 나이 들어 병들면 그것만큼 자식한테 민폐가 없기 때문에. 아내 가 일을 다니는 데다가 몸이 약한 편이라, 기분이나 컨디션이 좋아서 스스로 차려줄 때 외에는 사 먹거나 대강 때운다. 나는 최수종같은 남자는 당연히 못되지만 '여자는 밥 차려 주려고 결혼한 게 아니다.'라는 나름의 신조가 있어서 밥 달라고 떼쓰지 는 않는다. 게다가 애들도 다 커서 거의 독립을 했기 때문에 나한 입 때문에 밥을 차리라고 할 명분도 사실 없다. 돈도 넉넉히 못 벌어다 주는 주제에… 그렇지 않나?

아내는 겉으로는 구박하지만, 속으로는 나를 응원해 주는 편이다. 우리가 같이 다니는 합창단 단원에게 "언니, 우리 신랑 이 만든 노래 좀 불러 주세요!" 하고 부탁도 하고, 최근 함께 간 절에서는 부처님께 '우리 남편이 하는 예술, 잘되게 해 주세요!' 하고 빌었다고 한다. 착한 마누라다. 다들 마누라 잘 만났다고 한다. 고집 세고, 하고 싶은 건 해야 직성이 풀리는 나와 여태

껏 산 걸 보면 내가 생각해도 그런 것 같다.

해외여행, 멋진 옷 등 중산층과 비교해서 아내가 느낄 상대적 박탈감도 모를 정도로 내가 눈치 없는 남편은 아니다. 특히나 여자들의 세계는 수다가 기본이고 수다에서 남편과 자식은 필수 레퍼토리다. 그런데 능력 없는 데다가 대책까지 없는 남편의 어디를 자랑할 수 있겠는가?

내가 봐도 경제적 능력에다가 자상함, 외모까지 갖춘 남자가 세상에 참 많기도 하다. 이래서 세상은 불공평. 그래도 나는 죽을 때까지 마누라에게 큰소리칠 것이다. "내가 살아있는 자체가 당신에게 복이다."라고. 능력도 없는데 자신감까지 없는 '쭈그렁탱이 영감'은 되기 싫거든.

또 "여보, 조금만 참아. 내가 하루빨리 성공해서 당신 호강시켜 줄게."라고 말하지도 않는다. '성공'이란 게 내가 발버둥친다고 되는 게 아니더라. 나이가 들수록 세상사는 정말 운칠기삼. '열심히는 하겠지만 잘되면 좋고, 안돼도 할 수 없지.' 이런 맘이다. 최소한 나는 '낭만적인 영감'이 되려 한다. 최대는 저작권료가 대박 나는 거겠지. 하하. 계획 없이 돌아다니는 여행에 아내와 내가 꿍짝이 맞는 편이고, 이번에 문화예술회관 모니터링단을 하면서 같이 공연을 보러 다니니 그것도 꽤 재미가 있어서, 그렇게 같이 노년을 보내려고 한다.

나, 삼식이의 하루가 남들이 생각하는 것처럼 그렇게 여유롭지는 못하다. 아직 팔아 본 적은 없지만 곡을 완성해내는 게 만만한 작업은 아니다. 슬픔이든 기쁨이든 아이디어가 떠오른 당시의 감정은 금방 사라져 버린다. 그 감정을 살리려고 밤샘도 여러 번 했다. 또 일명 '믹싱, 마스터링' 작업도 스스로, 홈레코딩으로, 배워가며 하기 때문에 시간이 더 걸린다. 최근에는 내 유튜브 채널에 작곡하는 구독자들, 심지어 전공자인 분들이 생겨서 이젠 그분들도 의식하지 않을 수 없다. 너무 완성도가 떨어지는 곡을 올리면 본의 아니게 구독자를 모욕하는 꼴이 되기 때문이다. 작곡, 작곡 공부, 피아노 연습 등은 정말 시간을 많이 잡아먹는다.

마음 같아서야 좀 더 음악에만 매진하고 싶지만 '텅장'이 돼가는 시점이 다가오기 때문에 곧 일을 하러 나가야 할 것 같다. 하지만 돈은 최소한 벌더라도 시간은 최대한 확보하는 전략으로 음악을 계속해 나가려 한다.

아내에게 성공한 모습 이전에 성공에 연연하지 않고 끈질기게 내 갈 길을 가는 그런 멋진 모습을 보여주는 것이 우선순위 아니겠는가?

이제 다른 사람이 되어 볼까 합니다

오래전부터 머리를 기르고 싶었다. 그러나 보수적인 한국 사회에서, 그것도 40대가 머리를 기르고 직장생활을 한다면 보나마나 별종 취급받을 게 뻔하지 않나? 그러던 것을 자의적 백수인 지금, 실행에 옮겼다. 내 머리카락은 반곱슬이라 그냥 기르면 전인권이나 인순이 머리처럼 한없이 부풀어 오른다. 안 그래도 얼큰이라 그런 스타일은 부담스러웠다. 그래서 나름 생각한 묘책이 파마. 뽀글뽀글 볶으면 좀 가라앉고 봐줄 만하지 않을까? 그래서 싼 동네 미용실을 찾고 찾아 거금 2만 5천 원을 주고 드디어 파마를 했다.

파마를 하니 머리를 감고 물기가 채 마르기 전에는 꽤 괜찮다. 지인들이 락커 같다고도 하고, 짜가 베토벤이라고도 한다. 이마의 깊은 주름을 덮어주고, 웨이브가 인상을 부드럽게 해준다. 그런데 물기가 마르니 부풀어 오르는 건 오히려 더 심한 것 같다. 하하. 그냥 포기하고 전인권 스타일로 가야겠다. 요즘 퓨전국악으로 인기몰이 중인 뮤지션 '이희문'도 이런 스타일 가발을 쓰고 다니던데 뭐 어때? 지루한 아저씨 스타일보다야 이게 백배 낫지. 어차피 나는 엔터산업으로 한몫 잡으려는 1인 아닌가? 개성이 중요하다.

파마를 하니 안 작가님이 여기다가 청바지까지 도전해 보라 하신다. 난 원래 꽉 끼는 옷은 딱 질색인데 이제는 패션을 위한 약간의 희생은 각오하고 있다. 어차피 음악을 계속하다 보면 유튜브에도 출연해야 하고, 무대에도 서고, 팬미팅할 날도 오지 않겠는가? 그런 날들을 위해서 패션 감각을 키워 놔야지. 패션에서부터 벌써 답답하고 지루한 아저씨가 돼 버리면 관객들이, 호기심으로 나를 바라보던 사람들이 먼저 마음을 닫아 버릴지도 모른다. 패션은 이런 기능만 있는 게 아니었다. 입는 옷에 따라 기분도 달라진다. 양복을 입으면 괜히 멋진 신사가 된 것 같다. 어차피 멋진 신사가 아닌 바에야 '된 것 같은' 기분을 느끼는 게 중요하다. 이게 인생이다. 느끼는 게 중요하다. '리얼? 진짜? 뭐가 중한디? 뭐가 진짠데?' 인간의 인지력이 어차피 오류 속에, 착각 속에 있기 때문에 객관이니, 합리니, 진짜니 따지기보다 거기에서 살아있음을 느끼는 게 중요하다. 나이가 들수록 이런 생각이 더 든다.

얼마 전, 우연히 만났던 중학교 동창들. 그런데 안타깝게도 표정들이 다 찌들어 있었다. '뭐 적어도 나보다는 형편들이 나을 텐데 왜 그러지?' 싶었다. 사실 우리 또래 남자들 보면 좀 많이 그런 편이다. 여자들보다 남자들이 더 그런 것 같다. 나와 친구들만 봐도 남자들은 나이가 들수록 어깨 힘은 더 들어가는 데 비해 친구는 점점 줄어들고 외로워진다. 자신의 세계가 확고해질수록 어릴 적 친구라 해도 공통된 관심사와 대화거리가 없어지기 때문이다. 그리고 연락을 주고받는 데에서 한쪽이 소원해지면 쉽게 서운해하고 토라진다. 수명도 여자가 더 길고, 나이가 들수록 확실히 남자가 더 불쌍하고 안돼 보인다. 특히 자기 인생 없이 남편과 아버지로만 살아온 수많은 남자들. 가족을 위한 희생을 폄하하려는 뜻은 조금도 없으니 오해 없으시길….

유부남은 이래저래 환영받지 못한다. 남자들끼리는 괜한 경쟁의식에 쉽게 친해지지 못한다. 미혼여성은 유부남과 가까워지는 것을 부담스러워한다. 괜한 오해받기 싫으니까. 기혼여성도 당연히 유부남을 꺼린다. 조금이라도 티 나게 가까우면 '바람, 불륜' 콘셉트에 휘말리니까. 유부남 입장에서도 조심스러울 수밖에 없다. 자칫하면 결례가 될 수 있기 때문에. 그렇다면 아내는 남편의 진정한 친구가 돼 줄까? 물론 그런 가정적인 가정도 많을 것이다. 하지만 안 그런 가정도 많다. 권태에 둘러

싸인 부부 사이에서는 서로가 너무 뻔한 존재라 상대가 무슨 고민을 하고 무엇 때문에 외로워하는지 알고 싶어 하지도 않는다. 그런 질문들은 일상이라는 거대한 쳇바퀴에 묻혀 버린다. 그래서 중년 남자들의 마음은 그야말로 최백호의 '내 마음 갈 곳을 잃어'가 된다. 어둠도, 안개도, 가로등도, 비도 다 우울하다.

서울도 마찬가지겠지만 내가 사는 여기 진주에도 공원에 삼삼오오 모여서 시간을 죽이는 노인들을 흔히 볼 수 있다. 솔직히 그분들을 볼 때마다 안타까운 생각이 든다. 좀 더 적극적이고 자신의 가치를 높일 수 있는 취미생활을 하셨으면 좋겠다. 물론 공원에서의 그 생활이 정말 행복하다면야 할 말이 없지만, 늙은 당나귀처럼 더 이상 쓸모없어진 자신의 시간을 하루하루 소진하는 그런 삶은 아니길 바란다. 그래서 나는 악기를 배운다. 적어도 허름한 카페에서 피아노라도 칠 수 있는, 그런 노인이 되고 싶어서.

부산에서 꽤 탄탄한 디자인 회사 대표로 잘 나가는 친구가 있다. 이전에는 그를 부러워했다. 마치 성공학에 관한 자기계발서를 보듯이 그의 충고를 귀담아듣고, 본받으려 했다. 그러면 나도 성공할 수 있겠거니 하고 생각했다. 하지만 지금은 그가 하는 그런 류의 조언을 귀담아듣지 않는다. 돌이켜 보면 그가 어떤 조언을 했어도 결국 내 생각대로 다 했더라. 그의 성공을 숭배하고, 본받으려 노력한다고 내가 그가 되는 건 아니다. 오히려 내 색깔을 잃어가고 스스로 '타고난 마이너스의 손'이라는 패배감만 짙어질 뿐이다. 강산에 노래가 서태지스럽지 못하다고 해서 강산에가 까일 필요는 없다. 강산에는 '힘찬 연어'를 노래하고, 서태지는 '컴백홈'을 노래하면 된다.

나에게 인생의 가장 큰 가치를 물어본다면 '자유'라고 대답하고 싶다. 지금껏 살아본 여러분과 내가 잘 알듯이 자유롭게 사는 것은 그렇게 호락호락하지 않다. 물살을 거스를 정도의 에너지가 필요하다. 가만히 두면 책상에 수북이 쌓이는 먼지처럼, 삶을 흘러가는 대로 내버려 두면 우리는 결국 자유를 빼앗긴다. 많은 시스템이, 사람들이, 환경이 내 자유를 침범한다.

그래서 나는 좀 가벼운 남자이고 싶다. 남자들끼리도 수다 떨 수 있는, 우울해 있는 마누라를 웃길 수 있는 유머가 있는, 너무 진지하지 않은, 피아노 연주곡 몇 곡 정도는 멋들어지게 칠 수 있는, 전자기타로 게리무어의 'The Loner'를 끈적하게 울릴 수 있는, 고요한 저수지에서 붕어와 눈 맞출 수 있는 남자. 엉뚱한 4차원이지만 의외로 따뜻한 5차원이 있는 남자.

손가락 힘을 빼야 부드러운 연주가 가능한 것처럼 그런 남자가 되기 위해서 어깨의 힘을 점점 빼가는 중이다.

죽을 때까지 한 곡도 못 팔면 어쩌지?

　5월 13일, 14일 이 이틀의 시간 동안 나는 롤러코스터를 제대로 탔다. 13일은 거의 한 달 반을 매달려 공을 들인 신인 작곡가 공모전 발표일. 돈이 궁한 시점에 일하게 된 아는 형님 가게의 알바도 그만두고 매달린 공모전이었다. 합격하면 9개월 간의 작곡가 육성 프로그램과 500만 원의 상금이 주어진다. 데뷔가 막막한 아마추어 작곡가인 나에겐 꿈같은 조건이었다.

　두 곡을 출품했는데 한 곡엔 그동안 내가 알고 있던 모든 걸 쏟아부었다. 콘셉트는 하이브리드였다. 뮤지컬과 성악과 댄스와 락의 느낌을 마음껏 섞어보고 싶었다. 이 곡을 만드는 데 거의 한 달이 걸린 것 같다. 눈 떠서 잠들 때까지 이 곡에만 매달렸는데도 말이다. 나머지 한 곡은 트로트였는데, 마치 신이 멜로디를 주시듯 너무나 자연스럽게 4일 만에 곡이 완성됐다. 마감일이 얼마 남지 않아 두 번째 곡은 거의 포기할 심정이었는데, 뜻밖에 너무 쉽게 완성한 곡이었다.

대형 기획사에서 주최하는 공모전이라 경쟁률이 거의 공무원 시험과 맞먹었다. 현실적으로 아직 초보인 내가 합격할 가능성은 희박했지만, 너무나 공을 들인 한 곡과 너무나 자연스럽게 나온 한 곡이라 내심 기대를 했었다.

드라마, 영화 등 다른 장르는 오후 2~3시에 발표를 한다고 공지가 돼 있는데, 음악은 13일이란 날짜만 공지돼 있어서 전날 밤 거의 잠을 못 이루고 아침부터 초조했었는데, 2~3시가 돼도 핸드폰은 잠자고 있어서 '역시 떨어졌나 보다' 하고 좌절했다. 오후 5시 30분경, 다시 6시에 합격자에 한해 개별 연락을 주겠다는 글이 홈페이지 공지란에 올라왔다. 그래서 또 한 번 마지막 기대. 하지만 역시 핸드폰은 말이 없었다.

'그래, 이렇게 쉽게 될 리가 없지. 제대로 한 지 아직 1년도 안 됐는데…' 이렇게 생각하면서도 사지에 힘이 쫙쫙 빠지는 건 어쩔 수 없었다. 최근 나를 자기한테 붙어사는 기생충이라 부르던 아내도 이날 저녁은 나를 불쌍한 눈빛으로 쳐다보더라.

나는 '기생충(parasite)이 천국(paradise)과 발음도 철자도 비슷하다'고 생각하면서 아내에게 기생하고 사는 내가 천국 같은 삶을 사는 걸 수도 있고, 기생충이 꼭 해악의 존재가 아니라 숙주에게 필요한 공생의 존재일 수도 있다는 나름 철학적인 생각을 하면서 혼자 킥킥거렸다. 다음 날은 출판사와의 계약 때문에 서울에 올라가 육.책.만 멤버들도 만나야 하고, 현업에서 활발히 활동하는 작곡가인 도나 님도 만나기로 했는데, 이 우거지상이 하룻밤 새 사라질지 걱정이었다.

　　도나 님은 최근 가수 선우정아가 부른 드라마《더킹 영원의 군주》OST인 '꽃이 피는 걸 막을 순 없어요' 등 많은 곡을 작곡하셨고, 본인의 싱글도 내셨다. 궁금하신 분은 QR 코드를 스캔해 보시길.

　　드디어 14일. 신경이 예민한 나는 새벽 4시 40분 첫차를 타야 해서 역시나 또 거의 잠을 못 잤다. 그러니까 이틀간 잠을 못 잔 셈이다. 그러나 마음 회복은 생각보다 빨리 됐다. 공을 한 달 아니라 일 년을 들였더라도 지나간 건 지나간 것. 미련을 가져봐야 나한테 올 떡이 아닌데 어쩌겠나. 육.책.만 멤버들과 도나 님을 만날 기대에 설레는 하루의 시작이었다. 출판사와의 미팅을 마치고 같이 점심을 먹으러 가는 길에 세미 작가님이 말씀하신 "작곡을 절대 포기하지 말라."는 말도 잊을 수가 없다.

도나 작곡가와의 만남은 정말 기대 이상이었다. 도나 님은 서기준 작곡가의 유튜브 채널 《서기로그》를 통해 알게 됐다. 서기준 작곡가께도 이 자리를 빌려 감사드린다. 도나 님은 작곡가 지망생들에게 도움이 되고자 질문지까지 직접 작성해 오셨는데, 말씀하시는 모습이 여타 다른 유튜브 채널의 작곡가들과는 다르게 느껴졌다. 작곡가로 먼저 성공했다고 해서 어깨에 힘도 전혀 들어가지 않았고, 어그로를 끌기 위한 위선도 찾아볼 수 없었다. 뭔가 소탈함이 느껴져서 마음이 참 따뜻해졌던 것 같다. 이메일 주소를 공개해 주셨기 때문에 나는 감사의 메일을 보냈다. 사실 물어보고 싶은 것도 많고 얻고 싶은 정보도 많았지만, 초면에 나만을 위해 장문의 요청 메일을 보내 부담을 드리기보다는 도나 님의 말씀에 힘과 용기를 얻은 감사함을 진술하게 전하고 싶었다. 그리고 말미에 조심스럽게 만나 뵙고 싶다는 말씀을 드렸다.

　　그런데 마음이 통했던 걸까? 만남을 흔쾌히 허락해 주셨다. 코로나 사태로 만남이 3개월 정도 밀리긴 했지만 약속을 잊지 않고 5월 14일에 드디어 만나 주신 것이다. 나는 피드백을 부탁하면서 먼저 보내드린 공모전 출품곡에 대해 혹평을 받을까 두렵기도 하고, 프로 작곡가와의 만남은 처음이라 긴장되고 떨렸다. 그런데 내가 길을 잘못 들어 딱 약속 시간 정각에 도착한 반면 도나 님은 미리 도착하셔서 내 커피값까지 계산하고 기다리고 계신 것이 아닌가?

　이럴 수가? 서울 사람들은 다 더치페이가 기본이던데? 내가 만나자고 했으니 당연히 내가 사야 하는데? 내가 뭐라고 커피값까지 계산하고 기다리다니 그야말로 황송했다. 나는 하고 싶은 말도 많고 물어보고 싶은 것도 많았는데, 첫 만남이라 그랬는지 말도 많고 횡설수설했던 것 같다. 그래도 곡이 괜찮다며 기획사 여러 곳에 데모곡을 보내보라는 말씀은 그 누구의 말보다 용기를 무지하게 주는 말씀이었다. 이제 퇴사 후 작곡에만 몰두해 왔던 7개월의 시간이 다 흘러갔고, 생업전선에 다시 뛰어들어야 하는 시점이다. 그런데 공모전까지 떨어져서 작곡에 대한 열정이 흐지부지되면 어쩌나 내심 걱정이 엄청 많았기 때문에 그 말씀이 더욱 힘이 됐다.

　공모전에 응할 때는 될 수 있으면 마감일보다 빨리 보내는 것이 좋다는 꿀팁도 알려 주셨다. 또 '이 노래를 들게 될 미래의 청자가 아침에 들을 것인가, 오후에 들을 것인가, 늦은 저녁에 들을 것인가' 하는 부분까지 염두에 두고 노래를 만든다는 말을 들었을 때는 '역시 프로의 세계는 다르구나' 하는 생각이 들었다. 그밖에 악기 연습이 중요한 이유, 대중음악에서 가사가 중요한 이유 등도 말씀해 주셨는데 공감과 도움이 많이 됐다.

음악을 10년 넘게 하신 분이지만 거만한 모습은 전혀 찾아볼 수 없었다. 김형석 작곡가가 가수 박진영과 작사가 김이나에게 아무 조건 없이 베풀었던 것처럼 이분도 마음이 참 따뜻한 분이란 생각이 들었다. 나는 이분의 친구가 된 것이 너무 감사하고, 앞으로 찐팬이 될 것 같다. 이렇게 땅속 깊이 꺼져가는 느낌의 13일과 대조적으로, 14일은 몸은 피곤했지만 참 행복한 하루였다.

그리고 나는 15일 오후에 난생처음으로 기획사에 전화를 했다. "안녕하세요? 작곡가 밤새입니다. 정동원 군에게 주려고 곡을 하나 썼는데, 메일 주소 알려주시면 감사하겠습니다." 하하하. 내가 생각해도 이 상황이 좀 웃긴다. 불과 1년 전만 해도 상상도 못 했던 상황이니 말이다.

이후에 나는 기획사 연락처를 어렵게 검색해서, 비록 공모전에 떨어졌지만 사람들이 좋다고 하는 이 데모곡을 계속 보내고 있다. 하동에 사는 음악 친구도 알고 지내는 지역 가수에게 곡을 살 의향이 있는지 물어보겠단다. 그리고 또 다른 프로 뮤지션에게 트로트 작곡에 소질이 있다는 좋은 피드백도 받았다.

아내는 차라리 내가 보컬학원에서 몇 달 배워서 직접 가수로 나가 보란다. 그래서 나도 곡을 몇 개 더 완성해서 USB로

음반을 만든 뒤, 트로트 가수들의 필수코스라는 고속도로 휴게소부터 영업을 나가 볼까 그런 생각도 하고 있다. 쉽지는 않다. 여전히 생계는 흔들거리고, 나는 그저 돈키호테처럼 철없이 설처대는 중년일 뿐인가 하는 생각도 불쑥불쑥 든다.

하지만 만약 죽을 때까지 한 곡도 못 팔더라도 시도도 안 해보고 멍청하게 살다가 죽는 것보다는 도전하는 삶이 백배 천배 나을 것이 분명하다.

후회 없는 삶이란 남의 기준이 아니라 내 기준이니까.

ep.
왜 방송국기자단이 되었지?

기자단을 신청했던 시기는 현실적으로 아주 힘든 시기였다. 오랫동안 했던 자영업이 계속 내리막길이라 최후의 대안으로 뒤늦게 시작한 공무원 시험에 떨어지면서 앞으로 뭘 해야 할지 막막한 때였다. 20개월의 시간과 안 벌고 공부하느라 날아간 돈.

그냥 자신이 한심하고 내 인생은 노력해도 지지리 운이 없다고 생각하던 때였다. 그런데 낙방 이후 공기업에서 잠시 알바를 하면서 생각의 변화가 생겼다. 철밥통인 그들과 함께 생활했는데, 그들이 전혀 부럽지가 않았다. 꼬박꼬박 들어오는 월급에만 목을 매고 있는 그들의 삶이 전혀 즐거워 보이지가 않았기 때문이다.

보수적이고 상명하복인 조직 문화도 자유로움을 추구하는 나와는 너무나 맞지 않았다. 숨이 막힐 것 같은 느낌이었다. 내가 꿈꾸던 공무원 생활도 이와 별반 다를 바 없을 것 같았다. 단지 안정된 생활에만 초점을 맞췄던 내 대단한 결의가 남은 삶의 정답이 아니라는 생각이 자꾸 들었다.

그래서 평소 내가 관심이 많았던 문화예술(음악과 글쓰기) 쪽을 기웃 기웃하기 시작한다. 실패해도 더 잃을 것도 없었기 때문에…. 그러면서 기자단에 지원하게 된다.

다리 힘이 좋은 여자

직진녀, **최미영**

사람 앞이 두려웠던 나

어렸을 때 앞에 나가서 얘기하고 발표하는 것이 어려웠다. 내 자리에서 일어나 발표를 하는 것조차 힘들어서 수업 시간에는 손을 들지 않았다. 국민학교 4학년 음악 시간이었다. 그동안 연습했던 리코더 시험 보는 날, 친구들이 보는 교단 앞에 서서 리코더를 불어야 했다. 시험을 보기 전부터 긴장되는 마음을 추스를 수 없었는데, 교단 위에 올라간 순간 심장이 튀어 나갈 듯이 두근거렸다. 손은 사시나무처럼 떨리기 시작했고, 음을 하나하나 표현하는 것도 어려워서 제대로 리코더를 불지 못하고 교단을 내려왔다. 그때 이후에 앞에 서서 발표하거나 시험을 보는 것에 노이로제가 생겼다. 다른 사람 앞에 서거나 이야기를 나누는 것이 나에게는 힘든 일이었다.

이런 소심함을 알던 엄마는 나를 많은 사람과 만날 수 있도록 해 주셨다. 친목계를 만들어서 친구들을 많이 사귈 수 있도록, 만날 수 있도록 하셨다. 한 달에 한 번씩 모여서 야산의 운동장에 모여서 피구도 하고 배구도 하고 배드민턴도 치면서 친구들을 하나씩 사귀기 시작했다. 아이들과 어울리면서 점점 내 성격이 변해가기 시작했다. 이런 모임은 움직이는 것, 돌아다니는 것을 좋아하는 나를 변화시키기에 충분했다.

친목계 모임에 참여하는 횟수가 늘어날수록 남자아이들과 놀고 함께하는 것에 스스럼이 없었고, 오히려 더 남자같이 행동하기도 했다. 국민학교 6학년, 남자아이들은 재미로 여자아이들을 괴롭혔다. 그것이 표현 방법이라 생각했기에 그런 일은 흔했다. 하지만 남자아이가 여자아이들을 괴롭히면 내가 먼저 나서서 그들을 응징하기 시작했다.

이런 모습이 점점 쌓여가면서 소심하여 다른 사람 앞에 나서지 못하는 나는 없어져 가는 줄만 알았다.

유치원을 다녔을 때 피아노가 너무 배우고 싶었다. 집에 와서 엄마에게 피아노가 배우고 싶다고 얘기했으나 집안 사정이 넉넉지 못해서 배울 수가 없었다. 유치원에서 친구가 배우는 것을 몰래 구경하면서 어깨너머로 배웠다. 집에 와서는 베개와 벽에 대고 나만의 피아노를 치기 시작했다. 하고팠던 마음이 컸었는지 자다가 말고 일어나서 베개를 두드리는 날들이 많아졌다. 이 모습을 본 엄마가 돈을 마련해서 피아노를 배울 수 있게 해 주셨다.

그날 이후 피아노가 너무 좋아서 매일매일 피아노를 배우기 시작했는데, 중학교에 입학하고도 계속 배우고 있었다. 중학교에서는 일 년에 한 번씩 합창대회가 열렸는데, 합창대회가 열렸던 중학교는 각 반마다 반주자가 필요했다. 남녀공학을 다녔던 나는 1학년 때 합창대회 준비를 위해 남자 반에 반주자로 뽑혔었다. 노래 연습을 위해 갔는데 항상 피아노 학원에서 배우던 악보만 치다가 기본 악보에 반주를 넣어서 쳐보라는 음악 선생님의 부탁에 어찌할 바를 모르다가 연습 도중 뛰쳐나오게 되었다. 그 이후 남학생들을 바라볼 수가 없었고, 만날 피해 다녔다. 내가 하지 못했던 반은 교회에서 성가대 반주를 항상 하던 친구가 맡게 되었고, 그 후에 앞에 나가서 발표하는 것에 대한 두려움은 남게 되었다.

어렸을 때 모임 덕분에 반주 사건 이후에도 두려움이 있었지만, 학원에 다니면서 남자 친구들, 여자 친구들과 여럿이 어울려 다니면서 사람에 대한 두려움이 많이 줄어들었다. 어렸을 때 비하면 엄마의 노력으로 사람과의 만남이 어려워지지는 않았지만, 누군가의 앞에 나가서 발표해야 하는 자리는 여전히 두근거렸고, 앞장서는 것에 대한 두려움까지 합쳐져 한걸음 뒤에 있었다.

내가 가진 틀을 깨고 나가기보다 그 안에서
그냥 그런 아이로 서서히 자라고 있었다.

10, 20대에 부딪힌 인간관계

나는 남녀공학 중학교를 다녔는데, 고등학교는 여고로 배정되었다. 집에서 가까운 곳에 가고 싶었던 여고가 있었는데, 그 당시에 뺑뺑이로 인해 내가 원하지 않는 고등학교에 배정되었다. 그곳은 위치도 별로였고, 교복도 별로여서 가기를 원하는 아이가 많지 않은 곳이었다. 한동네에 살던 친구들이 많이 그곳을 배정받아서 부담 없이 학교에 입학했으나 학교에 대한 불만은 남아있었다.

보통의 여고는 인문계가 자연계보다 많았다. 내가 다녔던 학교는 인문계가 8반, 자연계가 2반 해서 총 10반이었는데, 1학년 때는 계열에 상관없이 학교에 다녔다. 2학년이 되면 자연계와 인문계로 반을 정했는데, 자연계였던 나는 2년간 같은 반

친구가 누구인지 헷갈릴 정도로 자연계 친구들끼리 잦은 교류를 하며 지냈다. 그런데 고등학교 2학년 때 한 반이어서 친하게 지냈던 친구가 고등학교 3학년이 되어 옆 반이 되었다. 점심시간이면 밥을 항상 같이 먹었는데, 내가 아닌 다른 친구와 점심을 먹고 있었다. 이후에 자연스레 서먹서먹해졌다. 그 이유는 아직도 불가사의다. 그때는 그게 뭔지도 모르고 이상하다는 생각만 갖고 있었는데 지금 생각해보면 그게 왕따가 아닐까. 난 그 친구에게 뭘 잘못했는지도 몰랐고, 내가 서먹해진 친구가 나랑 친했던 친구와 연락하고 지내는 것을 보면서 인간관계의 어려움과 불편함을 느끼게 되었다. 근데 그런 친구가 한두 명이 아니고 여러 명이 그렇게 하면서, 밖으로는 아무렇지 않게 지냈지만 나름 힘든 고등학교 생활을 보냈다.

그뿐만 아니라 중학교 때 알게 된 친구와도 그런 일이 있었다. 나와 친하게 지냈는데, 어느 날부터 다른 아이와 친하게 지내는 아이. 학원도 같이 다니고, 주말엔 같이 놀러 다니면서 친해진 아이인데, 어느 날부터 나를 멀리하던 아이. 한동네 살면서 같이 하교하고, 학교 끝나면 매번 같이 놀면서 단짝처럼 지냈던 아이도 다른 친구가 생겼다며 나에게 아는 척도 안 하는 모습을 보고, 어느 순간부터 사람과 관계를 맺는 것이 힘들어졌다.

고등학교 졸업과 함께 인간관계 문제를 졸업한 게 아니었다.

대학교에 입학해서 낯선 친구들이 많고 아직은 서로 친하지 않아 어색했던 1학년 신입생 초의 일이다. 친구랑 동아리방을 기웃기웃하다가 컴퓨터 동아리에 가입했다. 컴퓨터에 대한 관심과 주변 사람들의 소개로 가입하게 된 컴퓨터 동아리. 선배들의 사랑을 받으며, 밥도 얻어먹고 즐겁게 생활하다가 2학년이 되어 동아리를 이끌어 가는 역할을 맡게 되었다. 선배들의 적극적인 추천을 받아 맡게 된 회계다. 그때부터 동아리에서 주위에 친구들이 사라져 갔다.

동아리의 가장 큰 행사인 축제에서 주점을 하게 되었는데 물건 구매, 계산, 판매 수익 정산 등 회계는 일이 많았다. 대학교에서 집이 가까운 바람에 후배를 데리고 집에 가서 솥을 들고 오는 등 축제 준비로 바빴는데, 여자 동기들에게 같이 음식 준비를 돕자고 얘기했더니 "지가 뭔데 나한테, 이래라 저래라야?" 하면서 나를 피해버려서, 남자 동기들과 축제를 진행해야 했다. 이후 동아리 행사 뒤풀이가 있으면 여자 동기 없이 남자 동기들과 술 마시고 이야기를 나누며 지냈다. 그렇다 보니 내가 고학년이 되어서도 여자 동기들이 동아리에 없었고, 선배들이나 남자 동기들과 지내게 되었다. 그 후 남자 동기들 대부분이 군대에 가버렸는데, 그 바람에 나는 외롭고 힘든 동아리 생활 끝에 결국 동아리에 발길을 끊게 되었다.

관계 속에서 내가 없으면 일이 안되는 줄 알았다. 나는 꼭 있어야 하는 사람이고 없어선 안 될 사람이라고 생각했다. 그러나 내가 없다고 일이 안되지는 않는다. 나 아니어도 다른 사람이 대신하거나 다른 일로 바뀌어 전혀 지장이 없다.

내가 없으면 안 될 거라고 생각하는 건 나만의 착각이다.
그에 따른 해결책이 다 있기 마련, 걱정하지 않아도 된다.

결국 걱정은 내 마음속에서만 일어나는 것이고 나에게 스트레스가 될 뿐이다. 그러니 걱정할 필요 없이, 아니면 아니고 맞으면 맞는 것이라는 생각으로 뭐든 해내면 된다는 생각을 하게 되었다. 점점 관계에 회의감을 가지고, 내가 친해진 사람이 아니면 벽을 쌓게 되는 인간관계가 만들어졌다.

사람을 좋아하는 우리 엄마

어렸을 때 엄마를 생각해보면 엄청 크다는 생각이 들었다. 같이 목욕탕을 가서 등을 밀어도 '엄마 등은 너무 넓어서 어떻게 다 밀지?'라는 느낌이 들 정도로 엄마는 큰 존재였다. 일하지 않고 항상 곁에 계셨고, 든든한 힘이 되어주는 사람이었다. 맛있는 음식을 항상 챙겨주셨고, 내가 하고자 하는 일에 힘을 주는 사람이 바로 엄마였다.

어렸을 때 수줍음이 많아서 항상 엄마 바지 자락을 잡고 있었다. 누가 오면 인사하는 것도 부끄럽고, 엄마 뒤에 숨을 정도로 내성적이었다. 그에 반해 여동생은 사람이 오면 생글생글 웃으면서 인사를 하는 등 인사성도 밝고 예쁜 아이였다. 나는 항상 한 걸음 뒤에 있었는데, 집에 사람이 오는 것도 싫어해서,

누군가가 집에 있으면 하고 싶은 말을 다 하지 못 했다. 유치원에 갔다 와서 엄마에게 전할 말이 있어도 집에 사람이 있으면 아무 말도 못 했다. 사람이 가고 나야 말을 할 정도로 수줍음이 많았던 나를 알았던 주위 사람들은 내가 집에 오면 자리를 피해 주기도 했다.

내가 좋아하는 것이 있어도 제대로 표현하지 못했던 터라, 엄마가 나 먹으라고 사준 과자를 친구의 손에 들려주고, 그걸 얻어먹는 것처럼 먹는 일도 있었다고 한다. 내 것을 내 것이라 말하지 못하고, 다른 사람의 눈치를 보는 그런 아이가 바로 나였다. 계속된 그런 모습이 엄마도 마음에 걸리셨는지 다른 사람들을 많이 만날 수 있게 해 주셨다.

국민학교 입학 후에 만들어진 친목계가 바로 그것이다. 마음이 맞는 엄마들끼리 모여서 아이들이 함께 놀 수 있게 해주셨다. 동갑내기 친구들을 만나서 신나게 뛰어놀고 밥을 먹으면 그 시간이 얼마나 즐겁던지. 내 안에 있던 외향적인 면이 솟아나는 시간이었다. 엄마들도 그냥 바라보는 것이 아니라 함께 피구도 하고 배구도 하면서 놀아주시고, 모든 것을 함께했다.

근데 그 멤버 중에서도 지금까지 연락하는 것은 남자 사람 친구이니, 여자 친구보다 남자 사람 친구들과 성향이 더 잘 맞았던 것이 아닌가 싶다. 사람과의 만남을 좋아하시고 주위 사람들과 잘 어울리시는 엄마 덕분에, 이사 간 새로운 동네에서 이웃들과 함께 기차 여행을 가기도 하고, 친구들을 집에 불러서 생일파티를 하며 신나게 논 기억이 머릿속에 가득하다.

또 다른 마음의 상처

10대 때 주위의 친구들과 많은 일을 겪어서인지, 20대 초반 대학 생활에서 동기들과 겪었던 일 때문인지, 나는 마음속에 사람에 대한 벽을 쌓기 시작했다. 특히 동갑내기 친구들에 대해서는 더 그런 마음을 갖게 되었다. 대학교 때 아르바이트를 하던 도서관에서도 선배 언니나 사서 선생님들과 친하게 지냈다. 사회로 나가서도 나보다 나이 많은 사람들과는 이야기를 나누고 함께하는 것이 익숙해지기 시작했다. 그들은 나를 이해해주고, 내가 하는 것에 대해 동생과 같은 마음으로 보듬어줘서 그런지 나도 모르게 연장자들과의 만남이 즐거워졌다.

회사에 다니다가 일을 그만두고, 한창 스탬프 아트를 배울 때였다. 자격증을 따고 나서 스탬프 아트 강사로 일하게 되었는데, 함께 일하는 강사가 있었다. 일을 하다 보니 힘든 점도 있고 어려운 점도 있어서 이런저런 이야기를 하게 되었다. 그 강사에게 일이 어려워 그만둘까 고민하고 있다고, 어떻게 해야 할지 모르겠다고 말했는데, 그녀도 똑같은 생각을 갖고 있다고 했다. 그런데 나중에 내가 그만두고 나서 보니 그 사람은 내가 했던 말을 대표와 나누고는, 내 자리까지 꿰차고 일을 하고 있었다. 뭔가 찜찜한 느낌이 들어 그냥 잊어버리자고 생각했지만 계속되는 사람들의 배신(?)에 내 영혼은 탈탈 털려가고 있었다.

사람과의 만남이 점점 불편해지고, 함께 뭔가를 해 나간다는 것이 번거롭게 느껴져 나는 혼자서 움직이기 시작했다. 나 혼자 할 수 있는 일을 찾았고, 스스로 해결할 수 있는 것까지만 맡았다. 회사에 소속되어 에너지를 낭비하지 않고 혼자 할 수 있을 일을 찾다 보니 쇼핑몰이었다. 그리고 쇼핑몰의 거래처를 하나하나 만들어나가는 즐거움이 내가 가질 수 있는 인간관계의 즐거움이었다.

이제는 더 이상 사람에게 상처 받고 싶다는 생각이 들지 않았다. 오히려 나는 왜 계속 배신을 당할까 하는 생각이 들었다.

나의 10대, 20대의 인간관계는 왜 이리 엉성하기만 한지, 나는 왜 이리 친구가 적은지, 나는 어떤 사람인지를 계속 고민하는 시간이 길어졌다. 그 답은 찾지 못한 채 말이다.

어떻게 단골 가게들이 많아졌을까?

　　사람에 대한 두려움이 점점 사라져 가던 때부터 나와 가까이 있는 사람들을 챙기기 시작했다. 그곳은 바로 거래처였다. 디스플레이 일을 할 때 많은 가게를 다니게 되었고, 그곳이 내가 자주 가는 단골이 되었다. 점점 너스레를 떠는 내 모습을 만날 수 있는 곳이기도 했다.

　　그렇게 점점 단골 가게들이 많아졌다. 특히 아이를 출산하고 나서 '아줌마'가 되고 나니 쑥스러움이 더 없어졌는데, 내가 단골로 지내야겠다고 생각되는 곳에서는 친분을 쌓기 시작했다.

꽈배기 가게

　결혼하고 이 동네에 대해서 별로 아는 게 없었을 때, 종종 들러서 꽈배기를 사 먹곤 했다. 아침 여섯 시면 일어나서 꽈배기 반죽을 하시던 사장님은 여덟 시가 조금 넘으면 꽈배기를 튀기기 시작했다. 꽈배기, 찹쌀 도넛, 크로켓, 샐러드 빵, 만두 등 없는 게 없던 가게. 매일 그날 만든 제품만 판매해서 더 믿고 먹을 수 있는 곳이었다. 추운 어느 겨울날 가게 문이 닫혀 있어 무척 걱정했는데, 알고 보니 사장님이 손을 다쳐서 장사를 할 수가 없었다고 한다. 자주 가는 가게라 사정을 알고 서로 걱정해주는 사이가 되었다. 지나가다가 목이 마르면 물도 마시고, 아이들이 가면 서비스도 챙겨주는 곳. 신혼 때 지리도 잘 모르고 아는 가게가 없어서 고민할 때 다른 가게도 알려주던 곳이라 사장님과의 추억이 더 짙다.

과일 가게

　이 가게는 상주하는 곳이 아니라 5일장마다 온다. 신혼 때 임신해서 과일을 사다 먹은 것이 아이가 초등학교 3학년이 된 지금까지 10년 동안 꾸준히 가는 곳이다. 이 과일 가게가 장날 오지 않으면 과일을 사다 먹지 않을 정도로 믿고 사 먹는 곳인데, 필요한 과일이 있으면 미리 예약해서 장날 사다 먹기도 한다. 요즘은 아이들이 커서 과일을 먹는 양이 많은데, 박스로 사다 먹을 때는 배

산지직송! 맛있는 수박

달까지 해주는 곳. 사장님과 친한 언니같은 사이로 지낸다. 아이들이 자라는 모습을 함께 봐온 사이라 아이들 안부도 물으면서 아이와 동반하면 맛보기 과일도 챙겨주는 센스 있는 사장님. 인생 선배로 이런저런 이야기도 해주고, 어떤 과일이 맛있고 좋은지 정보도 알려줘서 항상 이용하는 곳이다.

채소 가게 & 생선 가게

이곳은 드나들기 시작한 지 얼마 되지 않은 가게들이다. 우연히 채소를 샀다가 신선도와 주인장의 마음씨에 홀딱 반한 가게이다. 아이와 함께 가면 항상 사탕 한 개라도 챙겨주는 사장님이 계신다. 나는 이미 헌 댁인데, 처음 가게에 갔을 때 새댁이라며 이것저것 챙겨주던 사장님이라 더 기분 좋게 갔던 가게이기도 하다. 직접 농사짓는 채소들을 갖고 오는데 신선하고 양도 푸짐해서 최근 자주 이용하는 곳이다. 비닐을 사용하지 않는 내가 멋지다며 덤도 잘 챙겨주는 사장님, 딸기 바구니가 너무 많아서 언젠가 챙겨다 드렸더니 그냥 먹으라며 상추를 한 바구니 줘서 더 송구했던 기억이 있다.

오랜 시간 다녔던 생선 가게가 없어져서 새로 다니게 된 가게인데, 얼굴도 기억해주고 아이가 해산물을 좋아하니 이쁘다며 조금씩 덤도 챙겨준다. 홍합을 좋아하는 아이들을 기억하고 홍합 사러 가면 이야기를 나누던 사장님이, 얼마 전에 동태를 사러 갔더니 아이 먹이라며 홍합 한 바구니를 선물로 주기도 했다. 두 가게 역시 장날에만 만날 수 있는 가게들이라 5일에 한 번이지만 매번 들를 때마다 즐거움을 주는 곳이다.

고기 가게

고기 가게 역시 최근에 콕 집어서 다니게 된 곳이다. 고기의 질만큼이나 가격도 훌륭해서 자주 들르는데, 아이들이 고기를 잘 먹어서 더 자주 가는 곳이다. 아직 싱글인 사장님이라 때때로 아이들 간식 사면서 붕어빵도 사다 드리고, 음료수도 한 병씩 사다 드리면 너무나 행복해하는 사장님을 보니 나도 너무 즐겁다. 설날이니 아이들 더 먹이라며 고기 한 덩이를 선물로 주기도 하고, 고기를 사고 잔돈이 생기면 에누리해 주기도 한다. 친정엄마가

"어떤 고깃집 사장이 이렇게 챙겨주겠니? 우리 동네는 100원짜리 잔돈까지 다 챙겨 받고 정량만 팔아. 좋은 가게를 둬서 좋겠네."

라고 말씀하실 정도이다. 캠핑하러 다니느라 고기 사러 더 자주 들리기도 했지만, 꼼꼼히 물건을 챙겨주는 사장님의 자상함에 방문하는 사람이 즐겁다.

빵 가게

집 들어오는 골목 어귀에 생긴 **빵** 가게. 아이들이 **빵**과 떡을 좋아해 종종 간식으로 사 오곤 했는데 특히나 **빵**집은 거리

가 있어 자주 들르기 어려웠다. 그런데 최근에 생긴 빵 가게 덕분에 아침저녁으로 빵을 사다 먹게 되었다. 골목 입구에 빵 굽는 냄새가 솔솔, 안 사 먹을 수 없기도 했지만 주인 언니와의 친분이 더 자주 이 가게로 가게 했다. 우연히 이야기를 나누다 보니 나와 비슷한 가치관을 가진 사람이었기에 더 그렇게 되었다. 내가 책 낸 것을 알고 사 주기도 했고, 일회용품을 사용하지 않는 내가 통을 가져가서 빵을 사면 아낌없이 그 행동을 응원해주는 사람이다.

이렇게 내가 자주 가는 곳의 사람들과 친하게 지내면서 나만의 인간관계를 만들어 가고 있다. 단순히 물건을 사는 곳이라 생각하지 않고, 그곳에서 인간관계를 만들어 간다는 생각으로 가끔 음료수를 사서 건네기도 하고, 간단한 간식을 사서 나눠 먹기도 한다. 이렇다 보니 위에 쓰여 있는 곳 이외에도 국숫집, 분식집, 세탁소 등의 사장님들과 친하게 지낸다. 말 그대로 단골로 지내고 있는 곳에서 나만의 세상을 만들어 간다.

사람과의 만남, 모임 이야기

아이가 어렸을 때는 집에서 어른 사람과 이야기를 나누고 싶었다. 신랑 퇴근 시간만 기다리고, 택배 아저씨를 만났을 때 반가웠던 것도 그런 이유일 것이다. 아이가 태어날 무렵부터 체험단 활동을 했는데 돌이 지나고 나서는 오프라인 활동이 있는 서포터즈 활동도 병행했었다. 서포터즈 활동을 하면 발대식과 해단식에 가는데, 그때 사람들을 만나서 이야기도 나누고 맛있는 음식도 먹을 수 있기에 더 많은 서포터즈를 하려고 했는지 모른다.

약 3년 전부터 아이들이 어느 정도 자라, 기자 활동을 시작하고 나서부터는 더 많은 사람과 만나고 헤어지기를 반복했다. 기자단 발대식에서 만난 사람들을 다른 기자단 모임에서 만나기도 하며 다양한 인연들을 만들기 시작했다. 어렸을 때 사람을 기피했던 내가 이렇게 많은 사람과 재미있게 지내게 된 것은 엄마의 공이 크다. 엄마의 도움 덕분에 성인이 되고 나서 부터는 사람을 좋아하고 사람과의 만남을 중요시했는데, 그래 서 만들어진 모임도 참 많다.

어렸을 때 인간관계의 어려움을 겪어서 그런지 나와 함께 하는 사람과의 관계를 무척이나 중요하게 여겼던 것 같다. 초 등학교 6학년 때 한 반이었던 친구들 네 명과, 같은 중학교에 다녔던 친구들 두 명이 모여서 총 여섯 명이 20년 이상 모임을 하고 있다. 멤버 중 심지어 고등학교는 세 명만 같은 학교에 다 녔고, 나머지 두 친구는 다른 학교에 다녔다. 게다가 한 친구는 먼 곳에서 고등학교에 다녔음에도 불구하고(모든 친구는 서울에, 한 친구만 분당에), 이 모임은 현재까지 지속하고 있다. 소위 말해 소꿉친구다. 서로의 세세한 것까지 알고, 함께한 시간이 25년 이 넘은 친구들인데, 결혼하고 아이를 낳고도 모임을 계속 하 고 있다.

사람과의 관계를 무척 중요하게 여겼다는 생각이 드는 것 중 하나가 참여 인원에 대한 집착이다. 다 모일 수 있는 날짜로 잡고 되도록 다 모이도록 노력했던 것도 이런 이유에서였다.
그 외에도 아이가 조금 자라고 난 뒤에 시작할 수 있었던 독서 모임도 1년 6개월 이상 운영 중이고, 큰아이의 반 모임도 2년째 지속하고 있으며, 블로그하는 친구들의 모임도 있고, 육아 품앗이 모임도 하고 있다. 각종 모임으로 인해 피곤하고 힘들지 않냐는 이야기도 많이 들었지만, 사람이 좋고 사람을 만나서 이야기 나누는 것이 즐겁기에 그런 생각이 들지 않는다.

물론 때에 따라 에너지가 소진되는 모임이 있기도 하지만, 하나하나의 모임이 소중하기에 잘 이끌어가고 잘 따르려고 노력하고 있다.

사람과의 만남 하나하나가 소중한 것을 알기 때문에 말이다.

2019년 새로운 만남과 헤어짐

사람과의 관계에서 빠질 수 없는 것이 만남과 헤어짐이다. 2019년 많은 사람과 만났고 또 헤어졌다.

새로 시작한 기자단이 있어서 발대식을 통해 만나게 된 사람들이 있다. 서로에 대해 잘 몰라서 어색 어색해하면서 인사를 나누고 같이 밥을 먹으며 온종일 함께하는 워크숍을 했다. 서로 잘 알지 못하니 데면데면한 채로 헤어졌다. 이들과의 본격적인 만남은 그 이후였다. 두 달에 한 번씩 만나는 정모를 통해서, 온라인 게시판을 통해서 서로 소통하고 마음을 나눴다. 처음엔 어색했던 모습들이 점점 편안해지고, 온라인에서 오갔던 따뜻한 댓글들이 오프라인의 정모를 통해서 더 따뜻하게 마음을 채워줬다. 안 지 몇 달 안 된 사이지만, 만날 때마다 서로를 격려하고, 배려하는 모습에서 이 만남이 더 행복감을 안겨 줬다. 좋은 일이 있으면 두 팔 벌려 안아주고 슬픈 일이 있더라도 마음을 토닥여주는 그런 곳이 바로 방송국기자단이었다.

6개월간의 활동이 끝나고, 이것이 끝이 아니라며 해단식 현장에서 함께 노래를 불렀다. 노래를 준비하면서 노래를 연습하면서 서로 눈 맞추며 6개월간의 시간을 상기시켰다. 처음에는 서로 안 한다고 빼기 시작했으나 막상 녹음하는 날에는 다들 열심히 해서 잊을 수 없는 추억 한 보따리를 만들었다. 그 기자단에서 만난 분들과는 또다시 6개월이 지났지만 만나고 있고, 서로 기쁜 일이 있으면 축하해주는 사이가 되었다. 그 멤버 중에 몇 명이 모여서 이 책을 내게 되었고, 모인 멤버 중 한 명이 바로 나다.

만남과 헤어짐이 동시에 이루어진 사이도 있지만, 몇 년간 함께하다가 2019년과 함께 헤어지게 된 사람도 있다.

아이들과 자주 가는 시립도서관. 도서관에 가서 책을 보다 보면 시간 가는 줄 모르고 저녁이 될 때가 많았다. '아이들의 출출한 배'와 '밥해야 하는 걱정'으로부터 벗어나게 한, 나에게 큰 선물과도 같았던 도서관 매점. 매점에 갈 때마다 사장님이 반갑게 맞아주었다. 반찬이 더 필요하다고 말하면 웃으며 더 챙겨줬다. 그런 사장님이 있어서 더 즐거운 식사 시간이 되었던 곳이다. 한 끼의 식사는 물론이고 아이들의 간식을 즐겼던 곳이기도 하다. 항상 맛있는 반찬이 가득하고, 가격 대비 넉넉한 인심에 더 즐거웠던 곳이라 아이들과 나의 아지트 같은 곳이었는데, 계약 만료로 헤어지게 되었다. 자의 반 타의 반 만날 수 없게 된 매점 사장님. 매점이 마지막으로 문을 열던 날, 이유 없는 초콜릿 하나를 전하며 그동안의 감사한 마음을 전했다. 감사했다고, 그동안 수고하셨다고. 나랑은 전혀 관계없는 사람일지 몰라도 이렇게 인연을 맺고 지냈는데 헤어지려니 아쉬웠다. 그래서 인사라도 전해야겠다는 생각에 들렀는데, 인사를 하고 돌아선 순간 잘했다는 생각이 많이 들었다.

내가 몸담고 있던 센터의 기자단으로 2년간 일하면서 다양한 프로그램, 다수의 센터 선생님들과 만났다. 그중에서도 부드러운 카리스마를 갖고 계신 센터장님과의 첫 만남은 잊을 수 없다. 센터를 처음 알게 되고, 타 기관의 기자단으로 센터의 프로그램을 취재하러 가게 된 날이었다. 센터의 자체 프로그램이 아니고, 주말에 외부에서 하는 프로그램이라 주소를 받아 들고 더듬더듬 차를 몰고 찾아간 곳은 장애인 요양 시설. 주말 봉사프로그램이 진행되는 현장이었다. 마음으로만 봉사하고 싶다는 생각이 들었지 실제로 봉사 현장에 나가본 건 처음이라 조금 걱정도 되고 신경도 쓰였다. 그런데 처음 온 내게 따뜻한 말 한마디와 격려를 해주셨던 센터장님을 잊을 수 없다. 봉사자들과 함께 봉사하고 함께 웃고 이야기를 나누시는 모습이 너무나 편안해 보였는데, 그때 센터의 기자가 되고 싶다는 생각이 들었다. 이렇게 시작된 인연이 3년째. 올해는 담당 선생님 덕분에 센터 선생님들과 더 가까이 지낼 수 있었고, 기자단 간담회를 통해 센터장님과 이런저런 이야기를 나눌 수 있어서 즐거웠던 시간이었는데, 얼마 전에 센터를 그만두신다는 소식을 들었다.

여전히 어렵다, 인간관계

며칠 전에 아이들이 어린이집에서 활동하는 것을 관찰카메라를 두고 지켜보는 TV 프로그램을 보았다. 아이들의 사회생활에 관한 것이었는데, 아이들이 생각한 대로 되지 않아서 울고, 선생님께 이르고, 싸우고 하는 모습들이 관찰되었다. 비단 아이들의 모습에서만 보이는 것이 아니라 사회생활을 하는 어른들에게서도 똑같은 모습을 만날 수 있다고 패널과 전문가가 이야기했다. 어른들은 자신의 체면과 위치를 생각해서 조절하기도 하는데, 아이들은 그런 것 없이 그냥 다가서기에 어쩌면 어른들의 세계보다 더 치열할지도 모른다고 했던 것이 생각난다.

사람이 살면서 인간관계를 **빼놓을** 수는 없다. 혼자서 살아갈 수 없는 존재가 바로 인간이기에 그 관계는 태어날 때부터 죽을 때까지 함께하는 것이라고 본다. 동물은 새끼를 낳을 때 조용한 곳에 가서 어미 혼자 새끼를 낳는 것이 일반적이다. 하지만 인간은 아기를 낳을 때 절대 혼자 낳는 법이 없다. 산파 할머니, 조산사, 또는 의사의 도움 없이는 아이를 낳을 수 없다. 동물은 새끼를 낳을 때 척추가 바깥쪽이라 어미가 입으로 끌어당겨도 부드럽게 낳을 수 있지만 인간은 태어날 때부터 누군가의 도움 없이는 태어날 수 없다. 이러한 탄생의 구조 때문에 인간은 태어나는 순간부터 도움을 받아 인간관계를 형성할 수밖에 없다.

그 인간관계가 어렸을 때 너무 힘들고 어려워서 나이를 먹으면 조금 더 쉽고 연륜이 생겨서 방법이 더 많아질 줄 알았다. 물론 어렸을 때보다 생각하는 범위가 넓어서 이해의 범주가 커지긴 했지만, 사람 각각의 생각 차이, 살아온 환경의 차이가 있기에 이해하기가 쉽지만은 않다.

특히 엄마가 되고 나면 내가 원하지 않더라도 아이 때문에 갖게 되는 관계가 있는데, 그 관계가 참 껄끄럽고 어렵다. 체면도 차려야 하지만, 나를 너무 드러내기도 드러내지 않기도 어려운 자리가 바로 이 자리이다. 최근에 잦은 만남으로 그 관계가 가까워졌다고 생각했던 사람이 있었는데, 1박 2일의 여행에서 그 사람의 민낯을 보게 되었고, 짧게 만났을 때 몰랐던 감정을 알게 되면서 관계의 불편함을 느끼게 되었다. 아이와 연결되어, 싹둑 잘라낼 수 없는 관계이기에 몇 날 며칠을 고민했던 기억이 난다.

단순하게 생각하기도 어렵게 생각하기도, 어쩌면 이 모든 것들이 나를 더 피곤하게 만들지는 모르겠지만, 이는 내가 사는 동안 '천상천하 유아독존'과 같은 모습으로 살지 않는다면 언제든 찾아오는 문제이기에 더 조심스럽고 고민이 되는 문제다.

모든 사람은 같지 않고 각각의 개성을 갖고 있다는 전제조건 하에, 내가 생각하는 범주를 넘어서는 사람들과의 관계는 되도록 피하고, 피할 수 없다면 내 생각을 전해서 그 사람과의 관계를 나만 갖는 스트레스의 관계로 인지하지 않도록 노력하려고 한다. 내가 그 사람에게 갖는 감정이 나쁘더라도 그 나쁜 감정, 결국 에너지를 사용하는 것은 나이기에 되도록 감정 조절을 통해 에너지 낭비를 줄여나갈 계획이다.

좋아하는 사람들하고만 지내는 것도 어려운 인생.

나랑 맞지 않는 사람을 굳이 나와 맞추려고 노력하는 시간보다 사랑하는 사람, 좋아하는 사람에게 더 많은 에너지, 시간을 할애하고 싶다.

많은 모임의 유지비결

　　모임도 많고, 사람도 많이 만나니 시간이 여유로울 거라 생각하는 사람들이 많다. 나를 잘 아는 사람들은 자는 시간도 아까워하고, 분초를 다투며 사는 거 아니냐고 말하기도 한다. 잠자는 시간을 아까워한 건 사실이다. 아이를 낳기 전에는 잠자는 시간이 제일 아깝다는 생각으로 살아왔기에 잠자는 것보다 뭔가를 하는 것을 좋아했다. 잠자는 시간이 아깝던 시기에는 사람에 대한 두려움이 커서 사람을 만나는 시간보다 나에게 투자하는 시간이 많았다.

　　엄밀하게 말하면 분초를 다투며 살고 있긴 하다. 아이의 하원 때문에 신데렐라 생활을 해야 해서 버스와 지하철 시간표를 꿰고 있고, 어떻게 하면 조금 더 긴 시간 동안 사람을 만나고, 아이까지 픽업할지를 고민한다. 최대한 늦게까지 사람을 만날 수 있도록 아침에 아이와 함께 출근하듯이 외출 준비를 한다. 엄마가 아침에 바쁘게 준비를 하면 '외출하는구나, 취재하러 가는구나.' 생각하는 아이들이다. 만나는 상대방이 약속 가능한 시간을 최대한 앞당겨서 아침 일찍 만나고, 오후에는 남들보다 일찍 돌아오는 편이다. 경기 광주에 살기에 교통편이 많은 게 아니고 경강선의 배차가 20분 간격이라 아침에 일찍 움직이게 되었다.

오전 9시 '강남역'에서 사람 만나기, 생각보다 아침 시간에 갈 곳이 많지 않다. 브런치가 되는 곳도 없고, 커피만 겨우 마실 수 있는 곳이면 다행이다. '이런 시간에 사람을 만나?' 할 정도로 이른 시간에 외출 준비를 해서 사람을 만난다. 아이를 등원, 등교시키고 나면 8시 30분이기에 가능한 일이다.

이렇게 움직인 것도 아이가 유치원에 다니고, 학교를 다니며 어느 정도 안정세를 찾아서 가능했던 일이다. 결혼하고 교통편이 많지 않은 곳에 살게 되면서 외출은 언감생심, 집 근처가 다였다. 아이를 낳고는 더 어려워졌다. 첫째의 돌잔치를 하고 나서 둘째를 바로 임신해서(딱 2년 차 아이들이다) 한동안 외출은 생각도 할 수 없었는데, 그래서 지금 더 발악하듯이 외출하는지도 모르겠다. 창살 없는 감옥에 갇힌 느낌으로 집에 있었던 날들이 지나고, 경기 광주에서 용인, 일산, 양평, 이천, 서울 어디든 외출하게 된 건 불과 몇 년 되지 않았다.

아이가 둘인데, 어떻게 외출이 가능하냐고 묻는 사람도 많고, 그 많은 활동들을 아이 둘 데리고 어떻게 하냐고 묻기도 한다.

비법은 따로 있지 않다. 시간을 잘 활용하는 것!

아이들을 둘 다 꽉 찬 네 살까지 데리고 있었다. 아이에게는 엄마가 최고라는 생각으로 태어나서부터 네 살까지 데리고 있었으니, 총 6년을 육아에 바쳤다. 첫째가 다섯 살에 유치원에 갔을 때도 둘째는 데리고 있었으니 총 6년이다. 그때는 늦은 밤까지 블로거 생활을 했다. 피곤한 줄 모르고 신나게 했던 일인데, 이때 온라인에서 사람들을 만나고, 가끔은 오프라인 모임에서도 사람들을 만났기에 육아로 지쳐있던 내게 큰 위로가 되었다. 그때는 몰랐는데 육아로 인한 우울증을 블로그 활동을 하면서 해소한 것이다.

처음에는 밤늦게 블로그 작업을 하곤 했는데, 어느 순간부터 새벽에 일어나 이른 아침 시간을 활용하기 시작했다. 집중도 잘됐고, 몸에도 무리가 없었다. 무엇보다 정말 오롯이 내 시간에 빠져들 수 있는 게 좋아서 몇 년간 새벽에 일어나 내 시간을 가졌다. 아이가 둘 다 유치원에 가게 되면서 블로거 생활에서 조금씩 기자단으로 눈을 돌리게 되었고, 책까지 쓰게 되었다. 그리고 더 많은 기자단 생활을 시작하면서 시간을 쪼개기 시작했다. 오늘은 용인, 내일은 파주, 빈틈없이 일정을 돌리던 시절. 거리가 멀면 아이의 유치원을 빼고 함께 취재를 나갔고, 둘 다 유치원에 다닐 때는 하원 시간인 4시에 맞춰 오전에 바싹 취재를 다녔다.

기자단 생활을 하면서 나는 더욱더 원더우먼이 된 것 같다. 하고 싶은 일이 있으면 시간을 쪼개서 활용했고, 정 안되면 아이들과 함께했다. 이에 아이들도 엄마의 일을 알게 되고 인정했으며, 신랑도 나도 육아의 어려움을 줄일 수 있었다. 물론 때론 친정엄마의 도움을 받기도 했지만 말이다.

ep.
왜 방송국기자단이 되었지?

다양한 분야의 기자단을 하고 있었다. 블로그 체험단에 한참 빠져 있다가 기자단 활동을 시작하고 나서는 체험단보다는 기자단 활동에 푹 빠지게 되었다. 이유라면 첫 책을 내면서 즐거움을 찾았기 때문이기도 하지만, 기자단 활동을 하면서 다양한 사람을 만나는 것, 사람을 만나서 인터뷰하는 것에 매력을 느꼈기 때문이기도 하다.

제품 체험이나 블로그를 하면서 집에만 있을 때는 사람과 이야기할 기회가 많지 않아서 택배 아저씨를 만나는 시간조차 너무나 반가웠는데, 기자단으로 일하면서 다양한 분야의 많은 사람을 만날 수 있어서 더 끌렸던 것 같다.

수많은 기자단이 있었지만, 우연히 방송 광고에서 본 모습에 푹 빠져 신청하게 된 방송국기자단. 현장 취재나 기획 기사, 방송 리뷰 등 모든 것이 재미있어 보였으나 가장 큰 고민은 위치였다. 내가 사는 곳의 정반대 편에 있는 기자단 사무실의 위치 때문에 많이 고민했다. 하지만 해보지 않고 고민하는 것은 사치. 일단 도전해보기로 했다. 특히 내 블로그 이웃 중에 활동을 하던 사람이 있어서 그분의 이야기를 참고하기도 했다.

기자단 원서를 온라인으로 접수하고 살짝 기대를 하면서 기다리고 있었는데, 다행히 1차 서류는 합격했다는 메일을 받았다. 기쁜 마음도 잠시 2차는 면접이었는데, 우리 집과 반대편에 있는 사무실에 가려면 적어도 두 시간 이상이 걸리는 상황. 게다가 면접 시간이 아이의 하원, 하교 시간과 겹쳐서 포기해야 하나 생각하고 있었다. 혹시나 하는 마음으로 전화를 했다. "이번에 기자단 면접을 보게 된 최미영입니다. 정해주신 면접 시간에는 면접이 어려울 것 같은데 혹시 시간 변경이 가능할까요?"라고 물었더니, "어느 시간이 편하신가요?"라는 대답이 들려왔다. 그래서 "아이 하원 후이니 4시 이후입니다."라고 하니 그럼 편하신 시간을 따로 말해달라고 했고, 마침내 "5시 40분까지 오세요."라는 대답을 듣게 되었다.

고민 고민하다가 면접을 보기로 했다. 면접을 본다고 다 합격한다는 보장은 없었지만. 장장 두 시간 이십 분에 걸쳐서 면접 현장에 도착했는데, 그때는 이미 면접 시간이 3분 정도 늦은 시간이었다. 면접 시간을 맞추지 못했으니 탈락이라고 생각하고 있었는데, 다정하게 면접을 들어오라고 말씀하신 관계자분들. 따스한 마음에 면접장에서 수다를 떨듯이 이것저것 대답하고 이야기를 나눴다. 약 10분간의 면접이 끝나고, 집으로 돌아오는 발걸음은 가벼웠다. 내가 할 수 있는 것은 다 했기에. 왕복 다섯 시간의 시간을 들여서, 약 10분의 면접을 본 것이 허무하게 느껴질 수도 있었겠지만, 면접을 위한 배려에 감동하여 허무함보다는 따스함과 감동이 전해졌다.

최종합격자 발표 이후 활동하면서 알게 된 것이 있다. 나를 위해서 별도로 시간을 내주신 점, 그래서 단체 면접인데 혼자 단독 면접을 본 점, 내가 늦었지만 배려해 주신 점이 너무 감동적이었다. 이렇게 해서 만난 기자님들과 글을 쓰게 된 것도 다 인연이 아닌가 싶다.

자아 찾는 ㅈㅜ…
여긴 어디, 나는 누구? **박세미**

불편한 낮잠

"엄마, 이제 OOO회사 안 다녀? 그럼 이제 어디 출근해?"
"잘 지내? 회사 잘 다니고 있지?"

어떠한 의도도 없는, 단지 궁금해서 묻는 순수한 딸의 질문. 혹은 딱히 궁금하진 않지만 그냥 인사치레로 건네는 지인들의 질문. 누군가에겐 기억조차 못할 정도로 흔하디 흔한 질문. 그런데 올해는 저 질문들이 왜 이렇게 불편하게만 느껴지는 걸까.

2019년은 내가 사회생활을 시작한 지 10년 차가 된 해다. 회사와의 계약이 종료되어 타의적 백수가 된 나는 '그래, 이왕 이렇게 됐으니 좀 쉬어보지 뭐. 그동안 계속 일했으니 이제 쉴

때도 됐어!'라고 자기 합리화를 하며 10년 만의 강제 휴식기를 갖게 됐다.

회사를 다니면서 결혼을 하고, 아이를 낳고, 육아휴직 1년(물론 회사 다니는 게 더 쉬웠음)을 지나 다시 워킹맘으로 살다보니 강산도 변한다는 10년이라는 시간이 훌쩍 지나버렸다. 그래서인지 난 노는 법을 까먹은 사람처럼 집에서 빈둥거리는 내내 불편한 마음이 가득했다.

대학생 그리고 미혼 시절의 나는 집순이 그 자체였다. 약속 없는 날은 화장실과 밥 먹는 시간을 제외하면 늘 누워서 TV를 보거나 잠을 잤다. 그땐 그 자체만으로도 정말 행복했고 쌓였던 스트레스가 다 날아가는 기분이었다.

그로부터 딱 10년 후. 요즘의 나는 낮잠을 잘 때 오히려 그 반대의 느낌만 든다. 이 불편한 감정을 해소하기 위해 나름대로 그 이유를 추적해보기로 했다. 그 원인은 생각보다 금방 밝혀졌다. 낮잠을 자기 전 혹은 멍을 때리기 전, 휴대폰으로 구인 사이트에 접속하여 괜찮은 포지션이 있는지 한 시간이 넘도록 뒤지고 있는 나를 발견했다. 그것도 매일매일. 그제야 알았다. 쉬어도 된다고 큰소리 뻥뻥 쳐놨지만, 한 편으로는 '나 정말 이렇게 쉬어도 되나…' 하고 불안감을 호소하고 있는 또 다른 내 모습을 말이다.

회사원도 아닌, 그렇다고 앞으로 전업 주부로 살 것도 아
닌 나. 그동안 워킹맘이라 평일에 아파트 놀이터에서 아이와
놀아본 적이 없던 나와 백수가 된 이후로 놀이터를 갈 때마다
"새로 이사 오셨나 보다~"라는 다른 엄마들의 말에 어색한 웃
음을 지으며 꽤 오래 살았다고 대답하는 나. 계속해서 무언가
와 충돌하는 어중간한 지점에서 난 정체성을 잃고 둥둥 떠다니
고 있다.

내가 일을 쉬든 말든 남들이 내 흉을 볼 것도 아니고, 그럴
이유는 더더욱 없다. 그런데 난 왜 이렇게 남의 시선에 연연하
고 그걸 의식하는 걸까. 어쩌면 난 쉬고 싶은 게 아니라 당장이
라도 일을 하고 싶은 걸까. 그런데 애써 그 생각을 외면하고 지
금 놀아야 한다는 강박에 사로잡힌 건 아닐까. 제일 괴로운 건
내 마음인데도 아직까지 내 마음이 무얼 원하는지 모르겠다는
점이다.

이렇게 복잡한 내 머릿속 한 구석에서 그나마 분명하고 강
하게 드는 생각 하나는 '사람은 간사한 동물'이 맞다는 것. 내가
나름대로 정해 놓은 '사회로의 복귀 시점'이 점점 다가올수록
지금의 생활에 만족을 느끼려 하는 내 모습이 스멀스멀 올라오

고 있다. 아이러니 그 자체다.

요즘 서점에 가면 가장 인기 있고 흔하게 볼 수 있는 책이 사람이 사람을 위로하는 책이다. 그런데 이 글을 쓰고 있는 지금의 나는 오히려 그 반대의 입장이 되고 싶다. 제발 나와 마찬가지로 갈피를 못 잡고 질풍노도의 시기를 겪고 있는 30대 사람들이 있었으면 좋겠다. 내가 그들에게 위로 받고, 나만 이러는 거 아니라고, 동지가 있다는 사실에 안심하고 싶다.

**"저만 갈피를 못 잡고 방황하고 있는 거 아니죠?
나만 이런 거 아니죠?** (제발 그렇다고 해줘요…)**"**

내겐 너무 부담스러운 말,
'배려의 아이콘'

직장에 다닐 때 기자단(서포터즈) 운영 업무를 담당했었다. 기자단 운영은 나에게 일 그 이상의 소중한 의미를 남겨준 업무였다. 전국 각지에서 다채로운 개성을 가진 사람들을 만나며 업무적으로나 사적으로나 많은 공부를 할 수 있었다. 일이라 느끼지 않고 재밌게 한 덕분인지 기자단과 나의 유대감은 아주 끈끈해졌고, 이런 내 마음이 기자분들에게도 전해졌는지 역시 나를 많이 챙겨주시고, 아껴주셨다. 일부는 나에게 '배려의 아이콘'이라는 별명을 붙여주시기도 했다.

배려의 아이콘…?

사회생활에서의 나는 내가 봐도 배려의 아이콘이 맞다. 기자단 운영을 포함한 회사 업무를 처리할 때 사람들의 의견을 많이 듣고, 최대한 반영하고, 그 누군가에게도 불편함이 없도록 미리미리 나선다. 그런데 회사 말고 가정에서도 난 배려의 아이콘이 맞을까? 배려는커녕 가족들에게 미안한 일만 계속 쌓아가고 있는 엄마이자 아내에 가깝다.

우리 부부는 양가 부모님들과 모두 멀리 떨어져 살기 때문에 맞벌이하는 동안 부모님의 도움 없이 육아와 일을 병행할 수밖에 없었다. 육아 휴직을 마치고 회사에 복귀하기 위해 걸음마도 떼지 못한 아이를 어린이집에 보내야 했고, 매일 아침마다 나를 향해 우는 아이를 등진 채 허겁지겁 회사로 향했다. 아이는 어린이집에 혼자 남아 제일 늦게 하원하는 일이 다반사였으며, 우리 부부 모두 야근을 하는 날엔 하원 도우미 이모님의 눈치를 보며 아이를 부탁드려야 했고, 그마저도 어려울 땐 내 동생이 회사에 반차까지 내며 돌봐주기도 했다.

하지만 뭐니 뭐니 해도 가장 난감할 땐 아이가 아플 때다. 감기나 눈병 등 전염성이 있는 질병에 걸리면 다른 아이들에게 전염되는 걸 막기 위해 무조건 집에서 보육해야 하는데, 이럴 때 맞벌이 부부는 가장 곤란해진다. 대부분의 직장인들은 한정된 연차를 가지고 있고, 그 연차마저 1년에 총 열흘 정도인 어린이집 방학에 사용하고 나면 정작 이런 위급 상황에 사용할 수 있는 연차는 거의 없다고 봐도 무방하다.

아니나 다를까 우리 아이도 결막염에 걸려 꼼짝없이 어린이집에 못 가는 날이 오고 말았다. 애석하게도 우리 부부의 연차는 남아있지 않아 어쩔 수 없이 난 아이와 함께 사무실로 출근했다. 다행히 상사와 동료들은 흔쾌히 나의 사정을 봐주셨고, 아이는 마침 비어 있는 내 옆자리에서 사흘 내내 나와 함께했다.

내가 회의 때문에 잠시 자리를 비운 사이에 아이는 불안하고 어색했는지 100명 정도가 상주하고 있는 사무실이 떠나가라 울었다. 난 회의실 너머 들리는 그 울음소리를 들으면서도 나갈 수가 없었다. 아이는 3일 내내 장난감도 없는 지루하고 딱딱한 회사 책상에 앉아 결막염임에도 불구하고 동영상 재생 사이트의 콘텐츠들을 보며 그 시간을 견뎠다.

사회에서는 상대방을 위하는 배려의 아이콘인 나. 하지만 정작 유치원생인 내 아이에겐 다른 사람들에게 피해가 가지 않도록 배려만 요구하고 있는 엄마였다. 아무리 회사에서 나의 사정을 봐준다 한들, 주위 동료들의 눈치를 보느라 아이가 나에게 말을 걸어올 때마다 나도 모르게 '쉿'을 남발했고, 아이가 던지는 질문에 허투루 답했으며, 아이의 작은 실수에도 평소보다 크게 나무랐다. 아이 입장에서는 아프고 싶었던 것도, 회사에 따라 오고 싶었 것도 아니였을텐데 얼마나 억울했을까.

사회에서는 잘 웃고 밝다는 이야기를 듣는 나. 하지만 정작 남편에겐 쌓였던 내 스트레스를 신경질적인 말투로 쏘아 붙이는 일이 다반사였고, 감사하다는 말을 입에 달고 사는 밖에서의 나와는 달리 남편의 배려에는 고맙다는 말은커녕 그 배려를 너무나 당연하게만 받아들이기 일쑤였다.

우리 가정이 더 윤택하고 행복한 삶을 살기 위해 회사를 다니는 건데, 왜 정작 내 사람들에겐 배려를 잊고 있는 걸까.

주객이 전도된 것 같다. 지금이야 이 글을 쓰면서 나를 돌이켜 보고 반성하는 시간을 갖고 있지만, 만약 내가 사회로 복귀하여 일을 시작할 때, 지금 이 미안한 마음을 기억하고 있을까? 아니다. 내가 알고 있는 나는 지금의 이런 반성의 시간은 까맣게 잊은 채 회사에서는 온갖 배려를 하면서 가정에서는 배려만 바라고 있을 확률이 크다. 미래의 내가 주기적으로 이 글을 읽으며, 내 인생에서 진짜 중요한 게 무엇인지 자주 생각하게 되길 진심으로 바란다.

우리는 지극히 정상인 엄마예요

어느 한 병실에서 산모가 출산의 고통에 몸서리치고 있다. 하지만 '응애응애' 아이의 울음소리가 터지고 간호사가 아이를 엄마 곁에 데려오자 엄마는 언제 고통스러웠냐는 듯 아이를 보며 행복한 미소와 함께 감격의 눈물을 흘린다. 이런 장면은 누구나 대중매체를 통해 한번쯤 접해봤을 것이다. 나 역시도 출산 뒤 아이를 처음 만나면 당연히 감동의 눈물이 흐를 것이라는 생각을 가지고 있었다. 어쩌면 세뇌처럼.

내가 우리 아이를 낳던 그날을 떠올려 본다. 출산의 고통은 TV에서와 마찬가지로 정말 상상 그 이상이었다. 몇 시간의 진통 끝에 아이가 세상 밖으로 나오는 바로 그 순간, 난 과연 감동의 눈물을 흘렸을까?

혹시라도 그랬길 바라는 독자가 있었다면 실망을 안겨드려 안타깝지만 현실은 감격과는 거리가 아주 멀었다. 간호사가 아이를 내 곁에 데려와 아이와 처음 눈 맞춤한 그 순간, 내가 상상했던 이미지와는 전혀 다른 감정이 들었다. 감동이 아닌 이제 고통이 끝났다는 후련함 뿐이었다.

육아 커뮤니티를 보면 별의별 고민들이 다 있지만 '모유수유'에 대한 고민 역시 엄청나게 많다. "저는 모유가 정말 안 나오는데 주위 사람들은 계속 노력하라고만 해요. 미역국도 한 솥씩 먹고 있지만 안 나와요. 너무 힘들어요."라는 글부터 시작해서 "분유 먹으면 큰일 날까요?", "모유 안 먹이면 어떻게 되나요?" 등 모유에 너무 집착하는 분위기다. 물론 모유가 산모와 아이의 건강에 좋다는 사실은 여러 연구들을 통해 알려져 있다. 하지만 그것도 산모의 상황과 건강이 뒷받침이 된 상태에서 가능한 일이지 않을까. 노력을 해도 해도 안되는 상황에서 모성애와 모유를 한 세트로 묶어 암묵적인 강요를 하는 인식이 우리 사회에 있는 건 아닐까.

아이를 실제 낳고 키우다 보니 우리 사회의 모성애가 너무 한정적인 이미지에 갇혀 있는 것 같아 아쉬운 마음이 들 때가 있다.

사람마다 모성애가 찾아오는 시기도, 방식도, 느낌도 다 다르다. 극단적으로 모성애가 없는 사람도 있지 않을까? 내가 TV에서 봐왔던 장면과 달리, 출산 후 아이를 낳고 감격의 눈물을 흘리지 않았다고 해서 나에게 모성애가 없는 것도 아니고 잘못된 것도 아닐텐데. 무수한 물음표들이 내 머릿속을 맴돈다.

그래서 나는 나만의 방식대로 내 아이에게 사랑을 주며 키우기로 했다. 혹시라도 획일화된 모성애의 이미지에 갇혀 자신이 부족한 엄마라는 죄책감을 느끼는 사람이 없으면 좋겠다.

"우리는 지극히 정상인 엄마예요."

나 다시 결혼할래!
(막장 아님 주의)

    나의 옛 남자친구이자 현재의 남편인 그와 나는 예식장에서 정해진 시간에 비슷한 형식으로 치러지는 결혼식에서 탈피하고 싶었다. 그래서 우리는 어린 나이를 무기로 겁 없이 호기롭게 야외 결혼식에 도전하게 되었다. 마침 남편 친척분이 보령의 호숫가 근처 경치 좋은 곳에 별장을 소유하고 계셨기에 장소도 정해졌겠다, 야외 결혼식에 대한 환상은 날로 커져만 갔다.

    야외 결혼식의 핵심은 뭐니 뭐니 해도 '날씨'. 결혼식이 일주일 앞으로 다가오자 나는 실시간으로 주식을 확인하는 사람마냥(한 번도 주식을 해본 적은 없다) 손에서 휴대폰을 내려놓을 수 없었다. 나의 꿈과 희망과는 다르게 우리 결혼식 날의 일기 예보는 '비'였다. '아니야, 이건 슈퍼컴퓨터의 오류일 거야. 날씨는 시시각각 변하는 거니까 분명 우리 결혼식 땐 화창해 질 거야.'라는 생각을 하루에도 수십 번씩 나에게 세뇌시켰지만, 하필 슈퍼컴퓨터는 너무나 정확했다.

4월의 봄 햇살과 정원의 푸른 잔디, 벚꽃을 만끽하며 결혼식을 하고 싶었던 로망과는 달리 초겨울 날씨와 흐린 하늘, 빗속에서 결혼식을 치러야만 했다. 너무나도 추웠던 날씨에 덜덜 떠느라 주례 말씀은 하나도 기억이 안 난다. 결혼식이 끝나고 보니 내 하얀 드레스와 한복은 진흙투성이가 되어 버렸다. 단체 사진을 찍을 땐 천막에 고여 있던 물이 내 친구 머리 위로 쏟아지는 바람에 마치 콩트를 짠 듯한 모습까지 연출되었다. 신기하고 재밌는건 우리 결혼식 이후 몇 년 뒤에 개봉된 유명 로맨틱 영화 《어바웃 타임》에 이와 비슷한 장면이 나왔다는 점이다. "너 그 영화 봤어? 완전 너희 결혼식이랑 똑같던데!"라는 연락을 받을 정도였으니 말이다.

우리를 축복하러 와주신 하객들은 추위에 떨며 야외에 차려진 음식을 드실 수밖에 없었지만, 오프숄더 드레스를 입은 내가 안쓰러운지 아무도 내 앞에선 춥다는 이야길 꺼내지 않았다. 그 날로부터 7년이 지난 지금까지도 "너희 결혼식은 잊고 싶어도 잊을 수가 없어. 진짜 너무너무 추웠거든…"이라는 말로 인사를 대신하는 지인들을 만나면, 미안함과 동시에 우리 결혼식을 기억해주어 고마운 마음이 든다. 여전히 그날의 날씨가 너무나 아쉽지만,

한편으로는 그 '비' 덕분에 우리의 결혼식은 많은 분들의 뇌리 속에 강제 삽입될 수 있었다.

그리고 7년의 세월이 흘러 2020년. 드디어 내 여동생도 결혼식을 올렸다. 우리 자매 DNA 속에는 '야외웨딩'을 원하는 유전적인 요소가 있기라도 한 건지 동생 역시 야외 웨딩을 계획했다. 혹시나 했지만 역시나 일주일 전에 예보된 동생 결혼식 날의 날씨는 또 '비'. 동생이 이번 결혼식을 위해 얼마나 열심히 준비했는지 누구보다 잘 알고, 야외 결혼식을 앞둔 사람에게 '비'라는 존재가 얼마나 가슴 아픈 존재인지 잘 알고 있기에 옆에서 지켜보는 내내 너무나 안타까웠다. 비는 내 결혼식에서 실컷 구경했으니, 동생 결혼식만큼은 슈퍼컴퓨터가 제발 오류이길 간절히 바랐다. 지금 생각해보면 내 결혼식 날씨에 대한 아쉬움을 동생의 화창한 결혼식을 보며 한을 풀고 싶었던 마음이 컸던 것 같다. 하지만 애석하게도 이번에도 슈퍼컴퓨터의 능력은 뛰어났다.

동생네 부부는 이왕 마음먹었으니 비가 오더라도 야외에

서 강행하려고 했지만, 여러 가지 상황을 고려하여 결국 렌트한 장소 안에 있는 실내 카페테리아에서 진행했다. 결혼식의 주인공인 이 커플은 식 당일 새벽 2시까지 직접 손수 세팅을 마친 후 잠도 못 잔 채 손님들을 맞이했다. 다행히 이 예쁜 커플의 열정적인 정성 덕분에 결혼식은 그 어떤 결혼식보다 즐겁고 유쾌했고 아름다웠다. "비 오는 날에 결혼하면 잘 산대."라는 말은 비 오는 날 결혼한 커플들이 자기 합리화를 위해 만들어 낸 말인 것 같지만, 동생 부부와 우리 부부에게는 정말 맞는 말이길 희망한다.

아 참. 우리 아빠는 중요한 일정이 있을 때마다 비를 몰고 다니는 '비의 요정'이다. 이로서 우리 자매는 두 번의 결혼식을 통해 진짜 아빠 딸임을 다시 한번 확인했다.

할머니, 저 오늘은 엄마 아빠랑 잘래요

　　어렸을 때 바쁜 부모님을 대신해서 할머니와 많은 시간을 함께했다. 그 덕에 난 할머니를 굉장히 따랐고, 할머니 역시 나를 유난히 예뻐해 주셨다. 명절이나 제사 등으로 큰집에 놀러 갈 때 마다 늘 부모님이 아닌 할머니와 함께 잘 정도로 할머니에 대한 애정이 정말 컸다.

　　큰집은 워낙 시골이고, 우리 할머니는 요즘의 젊은 할머니들이 아닌 진짜 전래동화 속에 나올 법한 할머니셨기에 밤마다 나를 위해 요강을 준비해 주셨다. 그때의 난 항상 비워져 있는 요강을 당연하게 받아들였다. 허나 지금 생각해보면 나이도 많고 힘도 부치셨을 할머니가 손녀를 위해 요강을 매번 씻고 정리하시느라 얼마나 힘드셨을까. 그만큼 나에 대한 사랑이 크셨던 거겠지. 할머니 앞에서 나만의 연극 공연을 펼치기도 하고, 매번 할머니의 쭈글쭈글한 손을 잡고 놀기도 했다. 여든이 넘는 연세에도 긴 머리카락을 유지하시며 참빗과 은비녀로 깔끔하게 단장하시던 당신의 모습이 아직까지 생생하다.

그렇게 큰집만 가면 할머니와 붙어 지내던 나였지만 어느 날 웬일인지 처음으로 할머니가 아닌, 엄마 아빠랑 같이 자고 싶다는 마음이 들었다. "할머니, 저 오늘은 엄마 아빠랑 잘래요." 내가 그 말씀을 드렸을 때의 할머니의 표정이나 모습은 생각나지 않는다.

처음으로 큰집에서 할머니가 아닌 엄마 아빠와 자고난 뒤 집으로 돌아왔고, 며칠 뒤에 할머니가 돌아가셨다.

혹시 할머니가 내가 엄마 아빠랑 자겠단 말이 괜스레 서운하셨던 걸까. 충격을 받으셨던 걸까. 아니면 내 몸이 할머니가 곧 하늘나라로 여행을 떠나실 거라는 걸 직감으로 알아차렸던 걸까. 지금껏 살아오면서 내가 내뱉었던 가장 후회스러운 말을 꼽자면 "할머니, 저 오늘은 엄마 아빠랑 잘게요."라는 말이다.

내가 할머니를 생전 마지막으로 뵈었던 그날, 여느 때처럼 할머니를 끌어안고 잤으면 지금보단 덜 슬펐을까.

시골이라 장례는 장례식장이 아닌 큰집에서 직접 치렀다. 난 할머니를 추억하기 위해 할머니 방에서 할머니가 늘 하고 계시던 은비녀를 찾아 주머니에 넣었다. 평생 할머니를 기억하기 위해서였다. 얼마 뒤, 할머니 유품을 정리하던 사촌 언니와 엄마가 할머니 비녀가 보이질 않는다며 찾아 다니셨고,

사실 내가 가지고 있다고 이실직고했다.

"할머니가 하늘나라에서도 머리를 단정하게 하고 계시려면 이 비녀가 꼭 필요해. 우리 할머니 가시는 길에 이 비녀 같이 보내드리자." 엄마의 이 한마디에 난 하늘나라에서 예쁘게 머리를 단장하실 할머니를 상상하며 순순히 비녀를 건넸다.

할머니가 세상을 떠나신 지 거의 20년이 되었지만 여전히 '할머니'라는 세 글자만 떠올려도 눈물이 난다. 너무 슬프거나 간절히 바라는 일이 있을 땐 희한하게도 가장 먼저 할머니가 생각난다. 꿈에 할머니가 나오는 날이면 늘 울면서 잠에서 깬다. 할머니를 추억하는 지금 이 순간에도 할머니가 정말 보고 싶고 그립다. 타임머신이 개발된다 하더라도 과거로 돌아가고 싶은 마음이 없었지만, 지금 이 글을 쓰는 동안 마음이 바뀌었다. 과거로 갈 수 있다면, 할머니를 마지막으로 뵈었던 그날로 돌아가 여느 때처럼 할머니 손을 잡고 할머니와 함께 자고 싶다. 더 많이 재롱도 부리고 더 꽉 안아드리고 싶다.

오늘 밤, 할머니가
내 꿈에 와주시면 좋겠다.

한여름 엄마의 눈물

"학교 다녀오겠습니다."

네모나고 딱딱한 '국민학교' 가방을 멘 작은 체구의 소녀가 현관에서 엄마에게 인사를 하고 버스정류장으로 씩씩하게 걸어간다. 하늘은 아주 파랬고, 구름은 솜사탕처럼 몽실몽실했고, 해는 아주 뜨거웠다.

어렴풋이 떠오르는 25년 전의 한 여름날. 하늘색과 구름 모양은 내 기억과 다를지 몰라도 아주 뜨거운 여름이었다는 사실만은 확실하다. 그때의 나는 충청도의 어느 작은 도시에 살고 있었다. 당시 우리 아파트 주위에는 국민학교(그 당시엔 초등학교가 아닌 국민학교)가 없어서 난 1학년임에도 불구하고 시내버스를 타고 학교를 다녔다.

요즘은 초등학교 저학년 때까지는 부모가 아이들을 학교 교문 앞까지 데려다주는 게 일상다반사지만 그때의 우리 동네, 우리 집은 전혀 그런 분위기가 아니었다. 확실한 기억은 아니지만 버스정류장까지도 혼자 걸어갔던 것 같다. 즉, 현관문 앞에서 엄마에게 "학교 다녀오겠습니다"라고 인사를 하고 나면, 그때부터 나 홀로 학교 가는 모험 길이 펼쳐지는 셈. 그 당시 유행하던 네모나고 딱딱한 가방은 국민학교 1학년 소녀의 몸엔 참 버거웠을 것이다. 그땐 이 모든 것들이 너무나 자연스럽고 당연한 거였기에 힘든 줄도 몰랐다. 하지만 어느새 일곱 살 아이의 엄마가 되어보니 그때의 내가 새삼스레 대단하고 짠하게 느껴진다.

그렇게 무심하게 버스를 타고 학교를 오가던 어느 여름날, 하교 후 현관문을 열고 집에 들어오자마자 엄마는 신발도 채 벗지 못한 나를 끌어안고 펑펑 울기 시작했다. 엄마가 왜 우는지 이유는 전혀 몰랐지만 엄마가 우니 나도 따라 울었다. 그렇게 엄마와 나는 한참을 부둥켜안고 울었다.

아직까지도 엄마와 나 사이에 회자되는 그날의 기억. 엄마가 운 이유는 내 등에 티셔츠를 뚫고 나온 흥건한 '땀' 때문이었단다. *쪼끄만 여덟 살 꼬마가 한여름에 덩치 큰 형님들 사이에 치여 버스를 타고*, 꾸역꾸역 집에 돌아와서 얻은 건 바로 딱딱한 가방 아래 땀으로 범벅된 티셔츠였다. 엄마는 땀범벅이 된 나를 보자마자 안쓰러움이 한꺼번에 밀려와 오열을 하셨던 거다. 그 당시의 엄마에겐 아이들이 혼자 학교 다니는 것이 당연한 일이었음에도 불구하고, 땀에 젖은 나를 보니 당연하지 않게 느껴지셨나 보다.

세상의 모든 부모 자식 사이가 그렇겠지만 특히나 우리 엄마와 나에겐 기적이자 마법 같은 연결고리가 있다. 내가 우리 엄마로 태어났다면 난 절대 그렇게 하지 못했을 법한 우리 엄마의 희생과 인내 그리고 사랑. 여덟 살 땐 마냥 의아했던 그날 엄마의 울음이 일곱 살 아이의 엄마가 된 지금에서야 내 마음을 아리게 한다. 그 마음이 얼마나 컸는지 알게 되기까지 25년이 걸렸다. 물론 아직도 전부 다 헤아릴 순 없지만.

그날의 포옹에서 당신이 얼마나 크고 위대한 사람인지, 그리고 당신과 나 사이가 얼마나 큰 기적인지 글로는 표현하기 어렵다.

다가오는 주말에 엄마를 만나면 오랜만에 그날을 추억해야겠다. 고리타분해서 정말 하기 싫지만, 그렇다고 대체할 말도 없는 말.

　"엄마 사랑해요. 제 엄마가 되어 주셔서 고맙습니다."

ep.
박세미 대리가 바라본 안, 엄, 신, 최 기자

이 챕터에서는 다른 네 분과 책을 공저하는 작가의 입장이 아닌, 우리 다섯 명이 처음 인연을 맺게 된 방송국기자단에서의 첫인상부터 지금까지 느낀 점들을 솔직하게 적었다. 그때의 난 회사에서 방송국기자단을 운영하는 업무를 맡은 '박 대리'였고, 나머지 네 작가님께 성을 붙여 '~기자님'으로 부르던 시절이었다.

안지영: 예쁘고 정 많은 옆집 언니

온화한 목소리와 아리따운 외모에 '옆집 언니 같은 푸근함'이 가려져 있는 분이다. 본인은 쑥스러움이 많고 낯가림이 심하다고 늘 주장하시지만 한번 마음을 열면 이보다 더 정 부자를 찾긴 어려울 듯하다. 엄살이 심하지만 늘 뛰어난 능력을 뽐내며 퀄리티 있는 결과물을 내놓는 반전의 소유자이기도 하다. 내가 동행했던 안 기자님의 첫 취재 현장. 인터뷰 전부터 계속 잘 해낼 수 있을지 걱정이라며 앓는 소리를 하셨지만, 실제 상황에서는 아나운서와 리포터 뺨칠 정도로 뛰어난 능력을 펼쳐 보이셨다. 외모↔성격, 엄살↔뛰어난 결과물까지. 반전에 반전을 거듭하는 그런 영화 같은 매력을 지닌 사람이 바로 안 기자님!

엄혜령: 신비스러운 카리스마의 소유자

알듯 말듯… 첫 인상은 신비스럽고 베일에 싸인 듯 하지만, 동시에 강인한 카리스마를 내뿜는 분이다. 특히 방송국기자단 첫 워크숍 날이 아직도 기억에 생생하다. 언론 고시를 준비한 분답게 강연자를 향해 기자 포스를 뿜내며 던진 날카로운 질문들은 다른 기자들의 기를 꺾기에 충분했다. 끊임없는 사색을 통해 본인만의 글을 세상에 조용히, 하지만 비장하게 알리고 계신 분이기도 하다. 방송국기자단 해단식 날. 모두가 인사를 나누고 귀가할 시간이 되자 조용히 내게 선물을 건네시던 엄 기자님 모습에서 진중하지만 그 누구보다 따스한 마음의 소유자라는 걸 온전히 느낄 수 있었다.

신용민: 순박한 미소 뒤에 가려진 타고난 전략가

인상이며 말투며 순박함과 정이 넘치시는 분임은 확실했다. 하지만 기자단을 운영하며 1년 여의 시간을 보내다 보니 그 순박한 미소 뒤에 주체할 수 없는 열정과 전략가 기질이 넘친다는 걸 알게 됐다. 합창, 작곡, 서평 등 예술 쪽에 지대한 관심이 많으실 뿐 아니라 하고자 마음먹은 것들은 꼭 추진해 내고야 마는, '압력솥'이라는 단어가 딱 어울리는 분이다. 신 기자님이 작성하셨던 '방송국기자단 면접 성공 팁' 글이 떠오른다. '면접 볼 때 쑥스러운 척 미소를 건네시면 더욱 좋습니다'라는 부분을 보고 잠시 머리가 멍해졌지만 동시에 진정한 전략가임을 깨달았다. 중요한 건 그 전략이 잘 통한다는 것!

최미영: 쉬지 않고 달리는 똘똘하고 부지런한 토끼

만화 속에 등장할 법한 귀여운 토끼와 외모가 유사한, 그리고 늘 부지런히 어딘가를 달려가는 행동조차 토끼와 꼭 닮은 분이다. 쉬지 않고 지치지 않는 끈기와 체력은 물론, 맡은 일은 꼭 끝내야 직성이 풀리는, 책임감이 많은 분이라는 걸 날이 갈수록 느끼고 또 느꼈다. 기자단을 운영하는 내 입장에선 피드백이 가장 활발한 분이라 부담으로 다가올 수도 있었지만, 최 기자님 특유의 수더분한 매력으로 부담이 아닌 더 나은 결과물을 만들 수 있게 도와주신 최고의 조력자다. 아마 이 책도 최 기자님의 부지런함과 끈기가 없었다면 이 세상에 빛을 발하지 못했을 거다.

나에게 '사람'이란

나에게 사람이란, 결국 나
- 안지영

    단기 계약직 중에 호른을 전공하는 학생 둘이 있다. 점심을 같이 먹고 들어오는데 대표님과 나, 그리고 그 학생 중 한 명과 걷게 되었다. 대표님이 학생에게 물었다.

    "지현 씨, 호른으로 연주하는 곡 중에 자주 연주하는 곡이 뭐예요?"

    "… 모차르트요."

    "모차르트 곡이 여러 곡 있을 텐데." 하고 이번엔 내가 학생에게 물었다.

    "협주곡이요."

    "대표님, 우리 무시당한 거 맞죠? '무슨 음식 좋아해요?'하고 물으면 '한식이요'라고 말하는 거랑 뭐가 달라요? 그죠?"

    그 말에 까르륵 웃으며 "모차르트 협주곡 4번이요." 한다.

    "물론 모차르트 협주곡 4번이라고 해도 나는 잘 모르지만 그래도 '모차르트요!'라고 대답하는 건 아니지. 대표님, 우리를 무시한 게 분명해요!"

    나의 말에 어린 친구는 볼까지 빨개지며 웃는다.

책에서 수없이 봐 왔던 상투적인 표현 중에 '싱그러운 웃음소리'라는 표현이 이렇게 잘 맞을 수 있을까'라는 생각이 든 건 처음이다. 이렇게 어린 학생들과 이야기를 하고, 한 공간에서 그들의 문화를 느끼며 시간을 보낼 수 있어 참 감사하다.

앞으로 수많은 단기 계약직의 사람들이 들어왔다 나갔다를 반복할 것이다. 그들에게 이 회사는 큰 나무 아래 그늘같은 곳이었으면 좋겠다. 잠시 머물러 가는 곳이겠지만, 이 그늘에서 좀 쉬고, 먼 길을 가기 위해 힘도 모으고, 필요한 물도 마셨던 그런 시간이었으면 좋겠다. 나 또한 스쳐 지나가는 사람 중에 하나겠지만 나로 인해 나쁜 기억이나 사회경험을 하게 하고 싶진 않다. 먼저 인생을 걸어온 선배로서 응원만 해주고 싶다. 얼마나 요즘 세상살이가 힘든지, 우리 때와는 모든 상황이 달라진 현실에 달리 위로의 말을 꺼내기도 어렵다. 묵묵히 쉬었다 가라고 지켜봐 줄 뿐.

사람과 사람은 오랜 인연이든, 잠깐 스쳐 지나가는 인연이든 영향을 주고받고 상처를 주고받기도 한다. 그러면서 성격에도 영향을 미치며 한순간 가치관도 바뀌게 할 수 있는 관계도 된다. 태어나서 부모에게 교육을 받고, 어릴 때는 나의 행동이 부모의 거울이라고 할 정도로 부모의 영향을 받는다. 커가면서 어떤 친구들을 사귀느냐에 따라 달라지고, 직장에 들어가서 그

조직에 따라 그 구성원에 따라 영향을 받고 또 달라진다. 결혼을 해서는 배우자에 따라 성격이 바뀌기도 하고 아이가 태어나면 그 아이를 통해 나를 보게 된다.

나에게 사람이란 결국 나인 것 같다.

그들을 통해 내가 형성되고 다듬어지니깐.

나에게 사람이란, 아픔이자 역사

 - 엄혜령

    나에게 사람이란, 아픔이자 역사다. 나는 사람과 긴 시간 잘 지내는 것이 두렵다. 긴 시간 친밀하게 지내온 이들과 이유를 모른 채 멀어지거나 마음을 상하며 헤어진 경험이 있다. 그런데, 난 사람들의 이야기가 궁금하다. 아무 생각 없이 올라 탄 지하철이나 버스에 앉아서도 지금 내 앞에, 내가 바라보는 사람의 행선지는 어디일지, 누굴 만나러 가는지 궁금하다. 이 죽일 놈의 호기심인지, 탐구심인지, 나는 사람을 놓을 수 없다. 다만, 진짜 내 곁을 내 줄 수 있는 이는, 내 시간도 에너지도 한 정돼있기에 얼마 없다는 걸 알았다. 가족만 되도 족하다. 친구가 없는 내 삶이 평생의 과제였는데, 슬쩍, 어느 새 그냥 미결 과제로 남겨됐다. 그리고 출판사를 하면서 내가 좋아하는, '사람들의 이야기를 듣고 기록하기'를 하고 있다. 사관이 기록한 역사 외의 역사, 그 현장에 있었던 개인의 크고 작은 일들을 그들의 언어로 듣는다. 나에겐 한 사람, 한 사람이 세계를 써 나가는 역사다. 그 역사를 듣고 알아가는 게 즐겁다. 아무도 들어주지 못한 역사를 기억해주고 기록하는 데에서 더 큰 의미와 보람을 느낀다.

또 다른 우주, 동반자, 삶의 의미
- 신용민

나는 사람과 사회에 대해서 냉소적이고 회의적인 사람이었다. '남에게 피해 입히지 않고 나도 남을 돕지 않으면 그만이지.' 그런 생각. 가족이나 절친이 아닌 인간관계에서는 남에게 속으면 안 되고, 내가 손해 보면 안 된다는 생각이 머릿속에 강하게 박혀 있었다. 아버지의 바람기 때문에 새엄마가 여럿 바뀌는… 원치 않는 인간관계 속에서 어린 시절을 보내다 보니 나 자신의 멘탈을 지키기 위해 나도 모르게 그런 가치관이 굳어졌던 것 같다.

하지만 나이가 들어가면서 사업에 실패하고, 몸 여기저기 이상이 생기면서 생각이 조금씩 바뀌었다. 인간이 근본적으로 고독한 존재인 건 사실이지만 더불어 살아가지 않으면 삶은 의미가 없다는 것을 깨달았다고나 할까? 그리고 주위에 베풀기 좋아하는 사람들에게 손익을 떠난 순수한 베풂을 받으면서 세상엔 사기꾼도 많지만 좋은 사람들도 정말 많다는 것을 새삼 느꼈다.

어떤 책에서 한 사람, 그 사람의 세계는 '작은 우주'라는 표현을 봤는데, 기자단 활동을 하면서 실감을 많이 했다. 똑같이 서평을 부탁했는데, 보내오신 녹음파일에는 정말 다양한 목소리, 말투, 표현, 생각들이 담겨 있었고, 그것에 맞는 BGM을 고르고, 멘트를 작성하는 것도 재미난 일이었다. 그래서 내게 사람은 '나와는 또 다른 우주'다. 내 속에만 갇혀서 또 다른 우주를 보지 못한다면 삶이 얼마나 지루하고 따분할까?

보통 부부나 친구를 동반자라고 한다. 팟캐스트나 유튜브 채널을 운영하면서 '댓글이나 좋아요 등의 반응이 전혀 없다면 채널을 오랫동안 운영하기란 참 힘들겠구나.' 하는 생각이 들었다. 채널 운영을 혼자 하는 것 같지만 반응을 해주는 상대방이 있어야 채널이 성장하니 내게 관심 가져 주는 그분들은 내 삶의 동반자다. 악기 연주나 노래도 마찬가지다. 나는 직장인밴드와 합창단 활동을 하고 있는데 혼자 연주하고 혼자 노래 부르는 것도 재미있지만 합주의 묘미란… 안 해 본 사람은 잘 모를 것이다. 합이 딱 맞아떨어질 때의 쾌감 같은 것. 우리가 함께 이뤄냈다는 것. 그런 느낌이다.

그래서 내게 사람은 삶의 의미다. 나 아닌 타인이 없는 삶은 나도 없는 무의미한 삶이다.

아무도 없는 황량한 지구에 혼자 남겨진다면 산해진미가 풍성한들 무슨 의미가 있겠는가? 아마 좋아하는 음악도 지겨워질 것이다. 웃음 한 조각, 눈물 한 방울 나눌 벗이 없는데….

그러니 우선 내 삶의 바운더리 안에 있는 사람들에게 잘하자. 먼저 안부 전화 없다고 서운해하지 말고, 문자나 카톡 씹는다고 괘씸해하지 말자. 그 사람들이 내게 잘했던 그때를 떠올리며 내가 먼저 전화하고 안부 물어보면 되지. 내가 좀 더 잘하고, 내가 좀 손해 보면 어때? 어차피 죽을 때 아무것도 못 가져간다. 그래서 결국에는 자기 삶의 경계선 밖에 있는 사람들에게까지 따뜻한 손길을 뻗치는 그런 분들을 본받고 싶다.

두려움, 어려움, 함께하는 동반자

- 최미영

　10대에 사람은 두려움의 존재였다. 다가오는 것이 두려웠고, 그들 앞에 서는 게 두려웠다. 20대에 사람은 어려움의 존재였다. 내가 나서면 물러나고 뒷걸음치기에 함께하기 어려웠다. 30대에 사람은 그리움의 존재였다. 육아로 인해 멀어졌고, 함께할 수 없어 아쉬웠다. 40대에 사람은 함께하는 존재였다. 내가 가는 곳에 사람이 있었고, 그 사람들이 나는 만들어줬다. 그래서 앞으로 50대, 60대의 사람은 나에게 어떤 존재일지 궁금하다.

　사람과 함께 살아갈 수밖에 없는 세상. 나 혼자 사는 세상이 아니기에 사람과의 관계를 소홀히 할 수는 없다. 나랑 맞는 사람도 있지만, 나랑 맞지 않는 사람도 있고 이런 사람, 저런 사람이 있다는 것은 직접 경험하고 부딪히면서 알게 된 것인데 그 앎이 조금 더 빨랐으면 어땠을까 싶다. 사람 때문에 힘들고 어려웠던 그 시간 속에서 나는 조금씩 성장해갔다. 엄마라는 한배에서 태어난 아이들도 각자 그 성향과 성격이 다른데, 하물며 다른 사람이 나와 같기를 기대하는 건 너무 큰 허상이었다. 나와 맞추고, 내가 그 사람과 맞추어 가는 게 사람과의 관계인 것인데, 그것이 너무 서툴렀던 게 내 어린 시절 아니었을까? 사람들 각각의 개성을 인정해 주는 게 필요하다는 게 아는 요즘은 예전보다는 인간관계가 편해졌지만, 죽을 때까지 어려운 일이 될 거라는 건 사람들을 만날수록 더 느껴진다.

다름을 인정하고 각자를 존중해 주는 것을 아이에게도 이야기하고 나누려고 하지만 아이 역시 나처럼 인간관계의 어려움을 느끼는 것 같아 안타깝다. 하지만, 그 시기에 겪는 것으로 생각하고 토닥이고 지켜봐 주기로 한다.

나 혼자서 바라보는 사람이 아닌 나를 좋아하는 마음으로 봐주고 사랑하는 사람만 챙기기에도 짧은 인생, 나와 맞지 않는 사람과의 관계 때문에 스트레스 받지 않고 살짝 피해 가는 센스도 필요하다.

'인생학교'를 완성하는 필수 요소

– 박세미

　　우리는 여러 사람들과의 만남을 통해 '나도 저런 인성을 가지고 싶다'는 존경의 마음을 갖기도 하고, 혹은 '난 진짜 저렇게 되지 말아야지' 하고 반면교사 삼기도 한다. 또 한 사람 때문에 이 세상이 온통 아름답게만 보일 때도 있고, 때로는 누군가 때문에 내일 아침 눈뜨는 게 두려울 정도로 회사 가는 게 싫어질 때가 있다.

　　나는 '사람'을 통해 온갖 복잡미묘한 감정들을 배우고 느끼며 인생을 살아가는 중이다. 심지어 '사람'이 아닌 '사람들'을 만나게 되면 감정 그 이상을 뛰어넘어 나의 행동마저 바꾸게 만드는 막강한 힘을 경험할 때도 있다. 언젠가 책을 내보고 싶다는 막연한 내 소망을 지금처럼 실천에 옮길 수 있었던 것도 바로 사람 덕분이다. 이 책을 함께 준비하는 작가님들의 열정, 위로, 칭찬, 동료애, 인내 그리고 끈질김 덕분에 내 소망은 조금씩 현실이 되어가고 있다. 내 주위에 아무도 없었더라면 책 출판은커녕, 내가 이 세상에서 어떤 존재인지조차 가늠하지 못한 채 살아가고 있겠지.

내 주위 혹은 나와 일면식은 전혀 없지만 책이나 매체를 통해 나 혼자 일방적으로 알고 있는 사람들까지. 그 누가 되었든 내 머릿속에 있는 사람들 덕분에 난 오늘도 내가 무엇을 좋아하고 싫어하는지, 어떤 사람이 되고 싶은지, 내 꿈은 무엇인지 등 나의 존재 자체를 느끼며 살아간다. 우리에게 너무 익숙해서 인지조차 할 생각이 안 드는, 하지만 우리네 인생에서 가장 막강하고 지대한 영향력을 미치는 '사람'. 시간이 지날수록 이 세상에서 제일 무서운 건 귀신이 아닌 사람이라는 말이 더 깊이 공감되는 이유도 내가 사람에 대해 느끼는 감정과 일맥상통하기 때문은 아닐까.

우리를 웃고, 울고, 슬프고, 즐겁고, 화나게 만드는 '사람'이라는 존재. 학교에 선생님과 친구들 없이 혼자 다니는 것은 아무 의미 없듯이, 사람이라는 인생학교에서도 내 주위의 누군가가 있기에 인생을 배울 수 있는 환경이 비로소 완성된다.

이 책을 보고 있을 누군가에게 '내 곁에 사람들이 있기에 지금 이 순간의 나도 존재한다는 걸 가끔씩 떠올려 봅시다'라는 말로 끝맺기 힘든 이 글을 마무리 해본다.

에필로그

안지영 ──────────────────

신 기자님의 직진이 이렇게까지 길을 낼 줄은 몰랐다. 서평 녹음을 부탁할 때만 해도 열정의 하나였다고 생각했다. 몇 명의 사람들을 묶어 밴드를 만들어 초대했을 때는 약간 짜증이 나기도 했다. 서평 때도 압력솥의 압력에 시달려야 했기에 '6개월 만에 책을 내고 만다.'라는 밴드 초대는 또 하나의 스트레스였다. 그 흔한 문화센터의 글쓰기 수업조차 들어본 적이 없는 나로서는 내용의 구성이나 전체적인 주제보다는 기본적인 문법이나 주·술의 일치, 시제 등 아주 기본적인 것의 헷갈림과 무지로 그만두고 싶었다. 그런 나에게 잘할 수 있다고, 끝까지 같이 갈 수 있다고 응원해 준 우리 육.책.만 작가님들께 감사한다.

이제 와서 생각하면 누군가의 설레발과 누군가의 압력과 누군가의 동조에 의해 이렇게 책이 완성되어 가는 게 신기할 따름이다. 요즘은 개나 소나 책을 쓰고 출판한다고 한다. 예전처럼 출판이 너무나도 어려운 과정은 아니라고도 한다. 그러나 정말로 책까지 나오게 한 개나 소는, 적어도 도전을 했다는 점에서는 여느 개와 소와는 다르다고 생각한다.

나는 정과 오지랖의 어디메쯤의 사람이다. 그렇지만 그렇게 규정하고 나서 이야기를 쓰려 하니 정을 나눈 것도 내 자랑같고 글로 쓰여지니 오글거리기도 했다. 내 글에 가족이 많이 등장해서 어쩔 수 없이 남편과 딸에게 먼저 읽어 보게 했다.

딸아이는 예전 아파트 놀이터 글을 보고 훌쩍훌쩍 눈물을 닦는다. "엄마, 내 어린 시절이 이렇게 행복했다는 걸 요즘은 잊고 지냈어. 이때 정말 행복했는데, 이 글을 읽으니 너무 그립다." 그러면서 한 번 더 글을 읽는다. 남편은 다섯 마리 물고기를 읽으며 가슴에 손을 대고, 그날 딸아이가 돌아와 하양이를 알아볼까 봐 떨렸던 순간이 다시금 생생히 기억난다고 미소 짓는다. 그날 원고를 읽고 눈빛을 반짝였던 딸아이나 추억에 젖어 미소 지었던 남편에게 늘 고맙다.

누군가가 내 글을 읽고 자기만의 추억을 떠올리며 마음이 따뜻해진다면 그걸로 충분하다. 처음에는 내가 원해서 시작한 일은 아니었지만, 시간이 지날수록 나 자신을 위해 글을 쓴 것 같다. 이 책 덕분에 나의 추억은 또 하나 더해진다.

엄혜령

'우리는 왜 모이게 됐지. 우리글들을 출간할 이유가 뭐지. 독자는? 읽어줄 사람이 있을까? 전달할 메시지가 있나… 이 글들이 책이 되긴 될까. 우리글이 책으로 나올까. 될 것도 같다. 한 인물 한 인물 다 개성 충만한, 한 사람만으로도 이야기가 되는 어벤져스 조합 같다. 어벤져스는 한 인물만으로도 영화가 나올 수 있을 만큼 캐릭터와 스토리가 뚜렷하다는데 왠지 우리가 그렇지 않을까.'

그냥 무모하게 목표만 갖고 시작했던 글쓰기가 어느 순간 기대감을 주기 시작했다. 신 기자님의 밴드 초대에 그저 응했던, 연결고리를 알 수 없는 우리의 조합도, 느슨하지만 각자의 일상에 임팩트 있는 격려와 피드가 오갔다. 우리들의 무모한 도전은 정말 아무런 기대를 할 수 없었던 무에서 새로운 일을 시작하고, 서로 격려해주며 기다리는 작업이었기에 재밌고 즐거웠던 것 같다. 이 격려와 지지에, 같은 기수 기자단 분들의 응원과 관심도 있었다. 탁월한 장소 선정으로 귀가하기 싫은 정모를 주선한 기자단 회장님과 기자단을 지지해주셨던 본부장님, 기자단을 관리해주셨던 대리님, 그리고 우리 기수 기자단 분들의 열정적인 피드백이 있었다. 여기까지 올 수 있었던 분위기를 이끈 이 모든 분들에게, 한 분 한 분 이름을 올리며 감사드리고 싶지만, 대표로 임성대 회장님께 깊이 감사를 표한다. 더불어 우리 원고를 따뜻하게 받아주신 도서출판 북산에도 마음 깊이 감사드린다.

또, 남편과 기준이에게 고맙다. 늘 나를 태워주고 기다렸다 모임이 끝날 때 다시 날 태워오는 남편은 대한민국의 평범한 직장인이다. 평일 저녁 서울모임을 기다려준 다음 날에도, 어김없이 새벽에 출근해서 퇴근시간까지 격무를 마치고 편도 한 시간에서 한 시간 반 거리를 오가며 회사를 다니고 있다. 그의 지지에 집 안에서 어떻게 다시 세상으로 한 발 뗄 수 있을지 알지 못했던 나의 삶이 세상을 향해 다시 열렸고, 이제는 내가 다른 누군가에게 그런 일을 하고 있다. 끝으로, 평범한 우리 가정이 하고 싶은 일, 살고 싶은 삶, 살 수 있도록 든든히 지지해주시는 하나님께 감사드린다.

신용민 ————————————————————

아직 투고 전이지만 일단 우리들의 원고가 완성됐다고 하니 지나간 일들이 추억처럼 떠오른다. 글을 제일 재밌게 쓰시는 안 기자님이 '나는 능력이 부족한 것 같다.'라며 못한다고 했을 때 최 기자님과 내가 합심하여 설득했던 일. 스스로 '글이 뒤죽박죽, 정리가 안 된다.'라며 잠시 방황했지만 결국 깔끔하게 원고를 마무리하신 엄 기자님, 뒤늦은 합류를 망설였지만 이내 합류해서 우리에게 새로운 이야기를 들려주신 세미 작가님, 변함없는 직진녀로 우리들의 대장 역할을 잘 수행하신 최 기자님, 그리고 이 대단한 여인들 사이에서 뭔가 덤으로 얹혀가는 것 같은 나. 하하하.

이 사람들에 대한 나의 믿음대로 지금까지 별 탈 없이 잘 진행돼서 참 기쁘다. 사람에겐 각자 다양한 면이 있지만, 그 사람을 믿어주는 것만큼 좋은 면이 나오는 것 같다. 든든하고 재미나고 쾌활한 맏언니 안 기자님, 추진력의 보증수표이자 행동대장 최 기자님, 이성과 감성 사이에서 조율을 잘해주시는 엄 기자님, 다소 엉뚱한 것 같지만 언제 어떤 능력이 튀어나올지 모르는 보물상자 같은 세미 작가님, 그리고 이 사람들의 재능을 캐내기 위해서 어벙벙하게 압력을 가하는 압력솥 나.

우리의 콜라보가 이 책 한 권으로 끝나지 않기를 바란다. 더 다양하고 재미난 작업 속에서 서로에게 살아가는 재미를 주는 '우리'로서 오래 남기를 기도한다.

마지막으로 시원찮은 아들과 남편을 둔 덕에 고생만 하고 호강을 못 누려본 어머니와 아내에게 미안함과 감사의 마음을 전한다. "괜찮아, 잘 될 거야. 일단 웃자구요. 하하하."

최미영 ───────────────

끝맺음 글인 에필로그를 쓰고 있으니 정말 책이 완성됐구나 싶다. 처음에 신용민 기자님이 '육.책.만'이라는 밴드를 개설했을 때, '왜지?'라는 생각뿐이었는데, '만들어진 김에 무라도 썰어봐요' 하고 힘을 내서 시작한 것이 이렇게 결과물을 낼 수 있어서 기쁘다.

먼저 다 같이 모이는 것도 거리가 있어서 힘들고, 온라인으로 이야기하기도 쉽지 않았는데, 이렇게 함께 마음을 모으고 글을 써준 동료 작가 4명에게 감사하다. 우리의 시작이 보통 사람들이었기에, 보통 사람들에게 힘이 되고 위안이 될 만한 그냥 우리의 이야기를 쓰자고 한 것이 이렇게 멋진 책으로 완성되어서 우리 모두를 칭찬한다.

사람이 사는 데 있어서 사람과의 관계는 빼놓을 수 없는 것인데, 보통 사람들의 보통 이야기가 특별한 이야기가 되는 건 공감하는 사람들이 있어서가 아닐까. 책 이야기를 나누면서 서로를 알게 되고 이해하게 되는 시간이 있어서 더 행복했던 책쓰기였던 거 같다.

항상 곁에서 힘이 되어 주는 남편과 아이들에게 고마운 마음을 전하며, 이책이 우리의 끝이 아닌 시작이길 바라본다.

박세미 ─────────────────

이 책은 두 가지로부터 시작되었다. 기자단 그리고 피자집. 내가 '기자단' 운영이라는 업무를 맡음으로 인해 이 어마어마한 사람들을 만나게 되었고, 한 기수가 마무리 되는 해단식 날 어느 피자집에서 정말 우연하고 즉흥적으로 '육.책.만(6개월 만에 책 만들기 약자)' 그룹에 합류하게 되었다.

누구나 꿈꾸지만 막연하기만 한 '책 출판'이라는 로망을 실현할 수 있게 만들어 준 평범하지만 특별한 네 사람. 이들 덕분에 지금 이 책이 세상에 태어날 수 있었다. 책 쓰기를 포기하려 했을 때 끝까지 기다려주고, 끊임없는 지지와 용기를 보내준 공동저자 신용민, 안지영, 엄혜령, 최미영(ㄱㄴㄷ순) 작가님들께 진심으로 감사를 전한다. 더불어 부족한 나에게 늘 과분할 정도로 많은 칭찬과 격려를 해주신 방송국기자단 모든 멤버와 함께 출판의 기쁨을 나누고 싶다. 특히 우리의 글이 재밌다며 아낌없이 격려를 보내시고, 기대평을 남겨주신 임성대, 박솔이,

최민영 기자님께 감사드린다.

나의 영원한 서포터즈이자 세상의 즐거움을 선사해 주는 우리 남편 Haesh! 내가 쓴 글이 너무 부끄러워 이 책이 세상에 나오더라도 보여줘야 할지 말아야 할지 아직까지 고민이 되지만 혹시라도 보게 된다면 늘 고맙고 사랑한다는 말 전하고 싶다. 내가 책 쓴다는 이야기를 우연히 듣고 "엄마, 작가야?"하며 놀란 토끼 눈으로 쳐다보던 우리 딸 똑온이. 존재 자체만으로도 감동이고, 진심으로 사랑한다. 그리고 항상 나의 건강과 행복을 빌어주는 가족들이 있었기에 내가 이렇게 한 권의 책을 마무리할 수 있었다. 모두 고마워요!

마지막으로 지금의 나처럼 '여긴 어디? 나는 누구?' 미래를 알 수 없는 미로 속에서 헤매고 있는 모든 이들에게 '함께 으쌰 으쌰 해보자'는 말을 전하고 싶다. 미로의 끝을 찾지 못하더라도 그 과정들을 즐길 수 있는 우리가 되길!